GOLEM

LEVEL 03

Les auteurs

Toute leur enfance, Lorris, Marie-Aude et Elvire ont joué aux mêmes jeux, lu les mêmes romans. En même temps, ils ont pris un cahier et un stylo. Lorris avait alors 14 ans, Marie-Aude 11, et Elvire 7. Depuis, ils n'ont plus arrêté d'écrire. Tous trois ont eu envie de retrouver les jeudis de leur enfance quand ils se demandaient : « À quoi on joue ? » Pendant deux ans, ils ont écrit *Golem* et ils ont raconté cette aventure littéraire dans la Revue des livres pour enfants (février 2017).

ELVIRE, LORRIS ET MARIE-AUDE
MURAIL

GOLEM
LEVEL 03

POCKET JEUNESSE
PKJ·

Loi n° 49 956 du 16 juillet 1949 sur les publications
destinées à la jeunesse : décembre 2019

ISBN : 978-2-266-29409-6

Depôt légal : décembre 2019

PRÉCÉDEMMENT DANS *GOLEM* LEVEL 02

Les personnages de Golem envahissent la cité des Quatre-Cents ! Il y a d'abord eu Joke, le golem caché dans les caves des Colibris, puis Bubulle, le mini-dragon cracheur de feu, et finalement Natacha, qui se matérialise sous les yeux ébahis de Jean-Hugues. Samir, Majid et Sébastien s'occupent de cacher et nourrir le monstre électrique car il semble connecté à Lulu, la petite sœur de Samir : quand il est en forme, elle se sent mieux.

Lorsque quelques piles volées au Mondiorama du coin ne suffisent plus à le nourrir, ils le déplacent dans les carrières abandonnées, près d'une ligne à haute tension… précisément à l'endroit où la multinationale qui a développé Golem organise un tournoi de jeux vidéo. Joke attire inévitablement l'attention.

Albert, toujours pourchassé par les tueurs à gages de la MC, révèle petit à petit ses secrets : les images subliminales implantées dans Golem, l'identité du patron de la MC, les ex-employés assassinés… Il entraîne Nadia, la prof de SVT dont il est désespérément amoureux, dans sa fuite. Ensemble ils fomentent un plan pour détruire l'entreprise à coup de fausses rumeurs sur Internet. Mais le temps presse et chaque seconde qui passe les rapproche de leurs poursuivants. Une course contre la montre s'engage entre les fugitifs et les tueurs de monsieur William, l'homme-enfant obèse à la tête de la multinationale.

Pendant ce temps, Jean-Hugues tente de faire comprendre la complexité du monde réel à une Natacha robotique qui ne s'exprime que par phrases préprogrammées. Dans un élan de rébellion contre son maître, Alias, elle refuse de retourner dans le jeu. L'ordinateur devient alors fou et déverse une marée de petites créatures démoniaques dans la réalité.

De l'autre côté de la ville, aux Quatre-Cents, Lulu est devenue électrique depuis que Joke se nourrit aux frais d'EDF. Cette particularité ne manque pas d'étonner son médecin et la petite fille se retrouve internée dans un hôpital… Samir pourra-t-il sortir sa sœur de cette situation ?

CHAPITRE PREMIER

ET LE GAGNANT EST…

Depuis sa cabine vitrée, Bernard Martin-Weber, le gérant de Mondiorama, jouissait d'une vue qui faisait ses délices. D'un seul coup d'œil, il pouvait embrasser la quasi-totalité des rayons, le grouillement de la clientèle et la batterie de caisses numérotées.

Aujourd'hui, le Mondiorama était en fête. Calicots, guirlandes d'affichettes et posters géants, ampoules clignotantes et animation musicale… c'était Noël au mois de juillet. BMW n'avait pas besoin de descendre parmi la foule des consommateurs pour sentir monter la fièvre. À cet instant, tous nourrissaient le même rêve : s'adjuger l'un des deux séjours à Mondioland promis aux vainqueurs du grand concours Mondiorama. Premier prix : un week-end pour deux personnes. Deuxième prix : un week-end pour deux personnes.

La fête, oui. Pourtant, Martin-Weber ne se sentait pas au mieux de sa forme. Quelques jours plus tôt, dans sa belle voiture, il s'était payé une série de poubelles avant d'emboutir la façade d'un immeuble. Il lui en restait un torticolis tenace et une douleur dans le coude gauche. Mais son malaise persistant n'avait rien à voir avec cet accident sans gravité. Ce qui le hantait, c'étaient les images qui lui avaient fait perdre le contrôle de son véhicule, cette horde de monstres venus d'un autre monde, des créatures emplumées, rampantes, visqueuses qui rappelaient les Malfaisants du jeu vidéo Golem.

Martin-Weber avait eu l'imprudence d'en parler autour de lui. Puis, voyant qu'on doutait de son état mental, il avait fini par décider qu'il s'était endormi au volant. Il voulait à tout prix s'en persuader. Mais quelque chose en lui refusait de l'admettre vraiment. Et maintenant, plusieurs fois par nuit, il s'éveillait en sursaut.

— C'est ce qu'il me faudrait, marmonna-t-il.

Un week-end à Mondioland pour se changer les idées. Mais le séjour n'était pas pour lui, car les heureux gagnants sont…

BMW eut un ricanement. Depuis le début de la matinée, il suivait le manège des gros malins qui s'y prenaient à dix fois pour faire leurs achats afin de multiplier les passages en caisse. S'ils l'avaient pu, ils auraient acheté la chaussette droite d'abord et la gauche ensuite.

Ils payaient et recevaient une enveloppe. À l'intérieur, tous ou presque trouvaient le même message :

MONDIORAMA VOUS REMERCIE DE VOTRE VISITE. VOUS AUREZ PLUS DE CHANCE LA PROCHAINE FOIS !

Des enveloppes gagnantes, il y en avait cinq. On pouvait y lire :

FÉLICITATIONS !

VOUS ÊTES NOMINÉ POUR PARTICIPER À NOTRE GRAND JEU-CONCOURS : UN WEEK-END DE RÊVE À MONDIOLAND. RENDEZ-VOUS À 17 HEURES SUR NOTRE PODIUM !

Pour l'instant, tout s'était déroulé comme prévu. Par bonheur, les fidèles clientes du Mondiorama avaient leurs habitudes. Madame Ben Azet s'était présentée vers midi, poussant son Caddie chargé de coquillettes et de litres étoilés. Madame Ben Azet avait eu de la chance. Madame Ben Azet avait été nominée.

— Ah ! s'exclama Martin-Weber avec soulagement. J'ai cru qu'elle n'allait jamais se montrer.

Tout en bas, dans le rayon Huiles et condiments, il venait de repérer madame Badach.

Jacky colla sa main sur le petit écouteur pour mieux recevoir les indications de BMW. *Une fatma bien en chair, dans une robe à fleurs... elle passe toujours avec Maya, caisse 10.* Jacky fit un signe de tête en direction de la cabine vitrée, pour signaler qu'il avait compris.

Discrètement, il alla remettre une enveloppe à Maya. Plus discrètement encore, il souffla à l'oreille de la caissière :

— Pour madame Badach. Pas de blague, hein ?

Puis il alla se poster près de la sortie de l'hypermarché, son micro sous le menton, prêt à bondir. « Cinq cents euros pour la journée », songea-t-il avec aigreur. Cinq cents misérables euros pour bidonner un concours et poser des questions débiles à des ménagères. Lui qui ne rêvait que de *prime time* et d'audimat !

La fatma n'en finissait pas de remplir ses poches en plastique. Voilà, ça y était enfin. Maya lui tendait l'enveloppe. Bon sang, elle ne l'ouvrait même pas !

Jacky s'approcha, tout en adressant quelques gestes impérieux à la caissière.

— Vous n'ouvrez pas, madame Badach ? demanda docilement Maya.

Emmé tira le petit bristol de son enveloppe, hocha la tête.

— Majid il me lira, dit-elle.

Jacky avait surgi auprès d'elle.

— Alors, alors ? demanda l'animateur avec gourmandise.

Emmé haussa les épaules.

— Ci trop difficile. Majid il me lira.

Jacky se pencha au-dessus d'elle.

— Oh, mais il me semble que je vois… mais oui, madame Badach, vous êtes nominée…

— Comment que ti connais mon nom ? Ji te connais pas !

Mais Jacky ne l'écoutait pas. Jacky se laissait emporter par son enthousiasme. Dans son micro, il hurlait :

— Nooomiiinéée ! Voilà la cinquième nominée de notre grand jeu-concours, un week-end de rêve à Mondioland ! Chères clientes, chers clients, je vous donne rendez-vous à toutes et à tous auprès de notre podium dans quelques minutes. Qui aura la joie d'embrasser

Mondichette, qui connaîtra l'extase d'une virée infernale à Gruyèreland ? Nous allons tous le savoir dans un moment.

Madame Badach tarda à rejoindre les quatre autres concurrentes. Il fallut la pousser sur le podium tandis qu'elle gémissait :

— Mais ci pas possible ! Ji suis pas coiffée !

Enfin, elles étaient là toutes les cinq, alignées sous les spots. Jacky pouvait commencer.

— Notre questionnaire est un questionnaire de géographie en liaison avec notre opération Produits du monde Mondiorama. Madame Félix, si vous êtes passée par notre rayon Thé et café, vous avez sûrement remarqué notre promotion sur le café du Costa Rica, les deux paquets pour six euros jusqu'à la fin du mois. Madame Félix, pouvez-vous nous dire quelle est la capitale du Costa Rica ?

Madame Félix se mordit les lèvres, madame Félix tritura une mèche de ses cheveux blonds, elle scruta l'assistance, elle émit un soupir de désespoir. Puis elle hasarda :

— Costa Rica City ?

Hélas, c'était San José. Madame Félix ne connaissait pas San José. Elle fut impitoyablement éliminée.

— Mais vous n'avez pas tout perdu, madame Félix. Votre Mondiorama vous offre en guise de consolation trois pots de pâte à p… hi ! hi ! hi !… vous choisissez les couleurs, regardez comme elle est belle la bleue les enfants adorent ça descendez du podium maintenant madame Félix.

Jacky tira la cliente par le bras pour la faire dégager. Puis, ayant repris son souffle, il se tourna vers Emmé.

— Madame Badach, vous n'avez pas pu rater notre super-promotion sur le Mondial Couscous à douze euros les trois boîtes géantes. Un couscous comme là-bas, dis. Et justement voilà ma question. Madame Badach, quelle est la capitale de l'Algérie ?

Emmé resta interdite. Ce qu'elle avait vraiment envie de dire, c'était que son couscous à elle n'avait rien à voir avec l'infâme pâtée du Mondiorama.

— Madame Badach ? s'impatienta Jacky.

— Ben, ci Alger. Ci ma ville que j'y suis née ! Et mon couscous il est…

— C'est votre dernier mot ?

— Ben oui.

— Mais bien sûr, madame Badach… Alger ! On l'applaudit ! Ah ! Ah ! Mondioland se rapproche !

Jacky se tourna vers la troisième candidate.

— Madame Renoncourt, vous êtes certainement gourmande comme nous tous des fameuses saucisses d'Ouzbékistan, six paires pour le prix de quatre jusqu'à la fin du mois au rayon Salaisons. Ah ! les saucisses fumées d'Ouzbékistan ! Madame Renoncourt, pouvez-vous nous dire quelle est la capitale de l'Ouzbékistan ?

Une lueur de panique passa dans le regard de la pauvre femme.

— De quoi ?

— Allons, voyons, l'Ouzbékistan… je vous donne encore trois secondes. On ne souffle pas !

En vérité, personne ne soufflait.

— Tachkent, madame Renoncourt ! Tachkent ! Ah là là là là... descendez, madame Renoncourt, vous aussi trois pots de pâte à p... hi ! hi ! hi ! vous choisissez les couleurs les enfants adorent ça.

Jacky s'épongea le front, jeta un coup d'œil sur ses fiches.

— Madame Ben Azet... aimez-vous les pizzas, madame Ben Azet... Ah ! je vois bien que oui, la napolitaine est en promotion à deux euros cinquante au rayon Surgelés, profitez-en. La pizza, l'Italie, les gondoles, le Parthénon... ça fait rêver, hein ? Madame Ben Azet, un petit instant de concentration. Pouvez-vous me dire... quelle est la capitale de l'Italie ?

Madame Ben Azet demeura de marbre. Immobile sur le podium, elle regardait droit devant elle.

— Madame Ben Azet, la capitale de l'Italie, supplia Jacky. Vous savez, la Ville éternelle... celle qui rappelle une boisson des îles... au rayon spiritueux, madame Ben Azet... c'est si bon avec du sucre de canne ou avec un jus de fruits exotiques...

Madame Ben Azet fronça les sourcils, bredouilla quelque chose de façon inaudible.

— Répétez-nous ça, madame Ben Azet !

— Le rhum ?

— Mais oui, bien sûr, le rhum... euh... Rome ! Rome ! La capitale de l'Italie ! Applaudissements, s'il vous plaît.

Jacky était cramoisi. La sueur lui dégoulinait de partout. Mais le moment de la délivrance était proche. Il ne lui restait plus qu'à éliminer madame Balthazar. Jacky ne se méfiait pas de cette forte femme enveloppée dans un châle. Il avait tort. Il ignorait que madame Balthazar avait exercé pendant trente ans le noble métier de professeur de géographie.

Elle l'écouta tranquillement vanter les nouilles aux petits légumes de Malaisie, en barquettes lyophilisées au rayon Cuisines du monde. Quand son tour de parler fut venu, elle annonça avec assurance :

— La capitale de la Malaisie est Kuala Lumpur. Mais, en principe, on ne dit plus Malaisie, on dit Malaysia.

— Ah ? Ah ah ah… c'est votre dernier mot, madame Balthazar ? Oui, je vois bien que oui.

Désemparé, Jacky chercha à croiser le regard de Martin-Weber qui observait la scène avec nervosité.

— Alors là, nous avons trois candidates… trois candidates pour deux séjours de rêve à Mondioland… ah là là, quel suspense !

Il compulsait frénétiquement ses fiches, à la recherche des questions qu'il n'avait pas prévu de poser.

— Madame Gaspard… pardon, madame Balthazar, je commence par vous cette fois. Vous connaissez bien sûr Mondioland, ce parc d'attractions pour les petits et pour les grands, c'est quarante francs l'entrée ce n'est vraiment pas cher ah non c'est des francs suisses c'est pas donné quand même mais c'est si beau… Alors voilà. Madame Balthazar, pouvez-vous me citer six des six pays imaginaires qui composent Mondioland ?

— Six des six ? s'étonna madame Balthazar.

— Six des six, confirma Jacky.

— Mais… ce n'est pas de la géographie.

— Si si… Mondioland est un pays, c'est de la géographie. Mondioland le pays de Mondichette de Mondada de Mondina de Mister C et de Mondoudou. Madame Balthazar s'il vous plaît il vous reste trois secondes on ne souffle pas dans le fond. Top, c'est fini, choisissez vos pâtes à p… hi ! hi ! hi ! la bleue est superbe les enfants adorent ça.

— Gruyèreland ! cria madame Balthazar. Gruyèreland !

— C'est trop tard, descendez, je vous prie.

— Mais les autres ! protesta-t-elle. Elles n'ont pas répondu. Il faut leur poser des questions.

— Pas la peine, il y a deux séjours de rêve à gagner et il ne reste plus que deux candidates. Soyez logique, madame Balthazar, ah je sens un petit brin de déception mais ça va passer voilà prenez la bleue les enfants adorent ça.

Non sans mal, Martin-Weber avait réussi à traîner les deux heureuses gagnantes dans une salle de réception, à l'écart du public. La façon dont le concours s'était déroulé n'avait pas plu à tout le monde. Dans l'assistance, quelques phrases déplorables avaient fusé, du style : « Si c'est un jeu que pour les Arabes, y a qu'à le dire. » Dur à entendre, pour un Martin-Weber. Mais, à présent, BMW tenait ses deux lauréates, et le sentiment du devoir accompli l'emplissait d'aise.

Madame Badach repoussa fermement la coupe de mousseux qu'il lui tendait.

— Alors, chère madame Badach, c'est votre Majid qui va être content !

Curieusement, la mère de Majid ne semblait pas nager dans le bonheur.

— Trop de chance ci trop de chance, dit-elle sur un ton sentencieux.

Martin-Weber supposa qu'il s'agissait d'un proverbe berbère.

— Dijà Majid il a gagné l'ordinateur. Cit fois, pit-être on pourrait donner à Haziz ?

— Haziz ? s'alarma BMW. Qui c'est, Haziz ?

— Ci un autre fils. Il est revenu. Et il est reparti…

— Mais il n'habite pas aux Quatre-Cents, votre Haziz ? C'est un concours pour les enfants des Quatre-Cents.

Du côté Ben Azet, une autre mauvaise surprise l'attendait. Madame Ben Azet s'imaginait déjà à Mondioland avec son mari.

— C'est pour les enfants ! s'énerva le gérant. Vous êtes trop vieille, madame Ben Azet, vous comprenez, vous êtes trop vieille !

Il n'y avait pas de temps à perdre. Le séjour à Mondioland était programmé pour le week-end suivant.

BMW mena l'affaire tambour battant. À la fin de la petite cérémonie de remise des prix, les deux gagnantes avaient tout entre les mains : les horaires impératifs, le programme des réjouissances, le Guide Officiel Mondioland, le passe 48 heures et les tickets repas.

Emmé fut impressionnée par l'efficacité de la MC. Sur tous les documents, le nom de Majid Badach figurait déjà en lettres imprimées.

— Je pensais pas qu'on était aussi copains que ça, remarqua Sébastien.

— J'en ai pas d'autres, répondit Samir.

— Si tu voyais ta tête ! On dirait pas que tu viens d'avoir un super coup de bol.

Sans savoir pourquoi, Samir avait entraîné Sébastien dans la chambre de sa petite sœur. Assis sur le lit de Lulu, il malaxait un vieux pyjama semé de lapins roses. L'odeur qui s'en dégageait lui faisait du bien. Mais elle réveillait aussi en lui des sentiments douloureux.

— Enfin, rectifia Sébastien, c'est surtout ta mère qu'a eu de la chance.

— Ouais, de la chance... Tu sais, ma mère, jusqu'à hier, elle connaissait même pas le mot. Elle arrête pas de répéter qu'on va sûrement téléphoner pour me dire que c'est une erreur.

— Celui qui gagne à tous les coups, c'est Majid, dit Sébastien.

— Tu crois que ça va marcher pour Aïcha ?

Pour Samir, le choix avait été vite fait. Son partenaire de week-end serait Sébastien. Majid n'avait pas hésité plus longtemps. Mais la partie était loin d'être gagnée. Les parents d'Aïcha étaient aussi stricts que ceux de Sébastien étaient cools.

À l'heure qu'il était, Emmé devait se trouver chez ses voisins de palier, avec un plateau de cornes de gazelle.

Majid avait eu le temps de plier ses t-shirts et ses jeans, de faire des bouchons avec ses chaussettes et de relire dix fois la grande feuille détaillant le programme des réjouissances. Il attendait. Cela faisait plus d'une heure qu'Emmé était chez les parents d'Aïcha.

Quand elle revint, Majid crut que c'était râpé. Dans l'œil d'Emmé brillait une lueur qu'il avait rarement vue : de la colère.

— Ci pas possible di gens pareils !

Mais on pouvait compter sur madame Badach. S'il l'avait fallu, pour Majid, elle aurait passé la nuit à parlementer.

— Cit pauv' pitite, ci pire qu'une isclave.

Emmé ronchonna comme ça pendant une longue minute avant d'annoncer la bonne nouvelle. Aïcha irait à Mondioland.

Elle se mit à rire.

— Ji ai dit à la maman : « Ji vai m'ennuyer sans Majid... Pit-être ji peux passer pour m'occuper de tes enfants ? » Ci pas possible di gens pareils !

— Tu t'es fait avoir.

Emmé haussa les épaules et soupira :

— Ci vrai, Majid. Ji vai m'ennuyer. Ti n'es jamais parti de la maison. Tous ils sont partis. Et maintenant ci toi.

Majid sauta au cou de sa mère.

— Mais c'est que pour deux jours, Emmé ! Deux jours !

— Li zenfants, on sait quand ils partent, on sait jamais quand ils riviennent.

Curieusement, cette phrase fit vraiment de la peine à Majid.

Le vendredi soir, les trois garçons se réunirent chez les Badach. Deux choses les préoccupaient. Ou plutôt deux êtres, extraordinairement dissemblables et pourtant liés d'une mystérieuse façon. L'un était dans une sombre caverne. L'autre dans un sinistre hôpital. Qui allait surveiller Joke ? Qui irait voir Lulu ?

Majid n'eut aucun mal à en convaincre ses camarades : il n'existait qu'une personne au monde qui puisse comprendre leurs inquiétudes.

Le samedi matin, Jean-Hugues trouva dans sa messagerie un e-mail ainsi rédigé :

Cher Cali,

On part. On va tous au week-end de rêve à Mondioland. Nous c'est moi et puis Aïcha et Samir et Sébastien. On va s'éclater grave. Sauf qu'on s'inquiète pour Joke. D'après Samir qui l'a vu il est devenu monstrueux. C'est-à-dire encore plus. On a peur qu'il sorte tout seul de la carrière. Parce que là ça ferait du vilain. Genre Godzilla, je sais pas si tu l'as vu ? Ou même Godzilla contre Mothra la mite géante qui est encore meilleur. Samir dit qu'il faudrait le mettre au régime. Est-ce que tu peux demander à l'EDF de baisser un peu la sauce, tu vois, de mettre du courant moins fort ? Ou alors je pense qu'il faudrait lui mettre des chaînes comme King Kong à la fin du film mais ce serait triste. Surtout pour Lulu. Justement Samir s'inquiète aussi pour Lulu. Elle sera toute seule pendant deux jours. Si ça ne t'ennuie pas d'aller lui rendre une petite visite à l'hôpital ? Elle aime trop les caramels, je te signale. Mondioland c'est même pas en France. J'y crois pas qu'on va prendre l'avion ! À 7 heures du mat !

Ton copain Magic Majid !

PS : fais pas atencion pour l'ortograf c'est Sébas qui ma corigé par dessu mon épole. Je suis toujour normal.

Jean-Hugues fronça les sourcils. Il tapa Mondioland sur Google et accéda au site sans difficulté. Une petite carte colorée situait de façon précise le parc d'attractions. En Suisse. Non loin de Gruyères.

— Gruyères, murmura-t-il. La MC… Les enfants !

Sa main se tendit vers le téléphone. Non. Pas la peine. Ils étaient déjà partis.

Le monospace roulait à vive allure sur les longues lignes droites de la nationale. Aïcha serrait contre elle son petit sac de sport, les yeux rivés sur la route. Autour d'elle, les garçons lançaient des vannes. Ils étaient excités comme des poux. Aucun n'avait jamais quitté la France.

— M'sieur, quand c'est qu'on arrive ? demanda Samir.

— M'sieur, on va vraiment prendre un hélicoptère ? demanda Majid.

Le chauffeur jeta un coup d'œil dans son rétroviseur.

— Hé ! les mômes, vous allez pas m'appeler monsieur pendant tout le voyage ?

— C'est quoi votre nom, m'sieur ?

— Je m'appelle Eddie, dit Eddie.

CHAPITRE II

NATACHA FAIT DES DÉGÂTS

Nadia s'éveilla tout embrumée par la nuit qu'elle venait de passer. Albert n'avait pas cessé de râler. Il faisait orageux. Il y avait un moustique. Un trou au milieu du matelas. Puis dormir à trois centimètres du plafond, c'était un avant-goût du tombeau.

— Mais crève, avait fini par lui répondre Nadia.

Elle se redressa autant qu'elle put, la migraine lui battant les tempes. Un filet d'air frais lui parvint. La porte était ouverte.

— Albert ? Albert !

Il était assis dans l'encadrement de la porte, le portable sur les genoux.

— Présent.

Il était en train de visiter un site consacré à la MC. Les auteurs y recensaient les hoaxes qu'avait lancés Albert. Mais, surtout, ils fournissaient la preuve que le jeu Golem contenait des images subliminales. Ils concluaient : « Les autorités françaises envisagent d'interdire la vente de la pâte à prout soupçonnée d'être hallucinogène. »

— C'est la dernière nuit que je passe dans ce camping-car pourri, annonça Albert.

— Moi, c'est la dernière nuit que ze passe avec toi.

Nadia détestait Albert.

— Ça m'étonnerait, répliqua-t-il. Je ne t'ai pas dit que je t'épousais ?

Nadia ne put retenir un rire. Elle descendit de son perchoir et vint s'asseoir tout contre Albert.

— C'est fatigant de vivre avec toi, lui murmura-t-elle.

— À qui le dis-tu ! Mais toi, tu peux toujours aller faire un tour.

Nadia frotta sa tempe douloureuse contre l'épaule du jeune homme. Tout bien considéré, elle adorait Albert.

— Tiens, voilà Machin, dit-il en apercevant Jean-Hugues au bout de l'allée.

Nadia comprit tout de suite qu'il y avait un nouveau problème.

— C'est le dragon ? lança-t-elle à son collègue.

Jean-Hugues eut l'air étonné. Pour lui, Bubulle était une affaire classée.

— Non, les enfants, la MC, Majid, balbutia-t-il.

— Qu'est-ce qu'il nous a encore inventé ? souffla Albert.

Mais c'était pour la forme. L'inquiétude l'avait déjà fait se redresser.

— Les gosses ont gagné à un concours Mondiorama, résuma Jean-Hugues. D'après ce que j'ai entendu dire, c'était bidonné. Ils ont gagné un voyage à Mondioland.

— Ça se précise, marmonna Albert.

— Tout de même, ils ne peuvent rien faire à des enfants ! protesta Nadia.

Albert fit la moue. Il connaissait la MC de près.

— Je vais aller les rechercher, dit-il sobrement.

Nadia porta ses mains jointes à son cœur. Elle ne s'écria pas : « Mon héros ! », mais l'intention y était.

— J'y vais aussi, décida Jean-Hugues.

Albert fronça les sourcils. Deux héros, c'était un de trop.

— Ils ne me connaissent pas à la MC, argumenta Jean-Hugues. Je pourrai vous être utile sur place.

Nadia n'eut pas besoin de convaincre Albert de l'emmener. Il ne pouvait plus se passer d'elle.

— Si vous emmenez votre copine, moi aussi, décida Jean-Hugues.

Nadia et Albert le regardèrent, surpris.

— Je prendrai mon ordinateur, bougonna-t-il.

Madame de Molenne fut enchantée de savoir que son fils partait en vacances avec deux amis, même si le but de l'expédition lui parut un peu décevant, d'un point de vue culturel.

— Le pays de Mondina et Mondichette, lut-elle sur le prospectus.

— Et de Mondoudou, ajouta Jean-Hugues.

Étant psychologue, madame de Molenne savait qu'il ne faut pas trop questionner son enfant sur ses amis. Elle chercha une formule indirecte pour satisfaire tout de même sa curiosité :

— Ce sont des amis que je connais ?

— Oui, Nadia Martin.

Dans un mouvement de ravissement, madame de Molenne serra le prospectus contre elle. Nadia, la charmante professeur de SVT !

— J'en étais sûre ! explosa-t-elle, tellement heureuse de voir que son grand garçon avait fait le premier pas.

Jean-Hugues posa sur elle un regard vitreux. Sûre de quoi ?

— Elle vient avec son boy-friend.

Jean-Hugues partait en célibataire avec un couple. C'était un peu bizarre.

— Et vous y allez comment ? demanda-t-elle, la voix mal assurée.

— En camping-car.

— En…

Là, cela devenait très bizarre.

— Ce sont tes bagages ? questionna-t-elle en désignant une grosse caisse en carton.

— Oui, j'emporte l'ordi. J'aurai l'air moins con.

Jean-Hugues vit dans le regard de sa mère qu'elle ne suivait pas son raisonnement.

— Ben oui, Albert aura Nadia, et moi, j'aurai…

Juste au moment de parler de Natacha, Jean-Hugues se souvint que sa mère n'était pas au courant de tout. Il se souvint même qu'elle n'était au courant de rien.

— Oui, toi, tu auras ton ordinateur, compléta madame de Molenne, démoralisée.

Peu avant de s'en aller, Jean-Hugues se posa la question : avec ou sans le dragon ? Mais à qui le confier ?

— Maman, je peux te laisser Bubulle ?

Pour madame de Molenne, Bubulle était un « dragon de Sumatra », une petite bête exotique en voie de disparition. C'était donc une lourde responsabilité.

— Il faut que tu me dises ce qu'il mange.

— Rien.

La réponse était partie comme un coup de fusil.

— Rien ?

— Oui, je sais que ça ne fait pas beaucoup, s'empêtra Jean-Hugues. Mais les dragons de Sumatra sont des sortes de boas miniatures. Ils mangent énormément en un seul repas et, après, ils sont à la diète totale pendant un mois.

— Ah, tiens ? Juste un peu d'eau, alors ?

— Surtout pas ! Les dragons de Sumatra sont des modèles réduits de dromadaires. Ils stockent l'eau dans une bosse sous-cutanée au niveau de la queue. C'est très curieux.

— Et pour ses petits besoins, il faut…

— Rien du tout. Les dragons de Sumatra mangent leurs excréments. Le professeur Leclanpin les compare à des fours autonettoyants. En petit format, naturellement.

— Oh ! C'est vraiment un animal…

— … très curieux.

Ayant ainsi confié Bubulle, Jean-Hugues songea qu'il était temps pour lui de rejoindre Albert et Nadia au camping-car. Madame de Molenne se sentait terriblement oppressée. Elle retint son fils par le bras.

— Tout va bien, Jean-Hugues ?

— Oui, maman.

— Tu ne me caches rien ?

— Mais non.

Il embrassa sa mère puis, sur le pas de la porte, il se retourna :

— Je veux te dire, maman, que grâce à toi, malgré la mort de papa, j'ai été un petit garçon heureux.

Et il s'en alla.

— Devine qui vient dîner ? fit Albert à Nadia. Machin avec sa copine. Elle a l'air de peser deux tonnes.

— Va l'aider au lieu de débiter des andouilleries.

Jean-Hugues arrivait par l'allée, peinant sous le poids de son ordinateur MC. Son installation fut délicate. Nadia et Albert avaient déjà squatté le grand lit. Il ne restait que deux banquettes transformables en lits pour une personne. Jean-Hugues posa l'ordinateur sur l'une des deux. Albert vit venir le moment où Machin réclamerait un drap pour border le moniteur. Mais il n'osa pas faire la plaisanterie. Les rapports de Jean-Hugues avec le virtuel le mettaient mal à l'aise.

Jean-Hugues ayant surtout conduit au Grand Prix de Monaco sur jeu vidéo, ce fut Albert qui prit le volant. À l'intérieur du camping-car, Nadia en profita pour essayer de rendre Jean-Hugues un peu plus bavard. Elle posa la main amicalement sur le moniteur bleu électrique.

— Alors, Natacha est à l'intérieur ?

Jean-Hugues lui fit un petit sourire buté.

— Mais comment peut-elle sortir ? insista Nadia.

— C'est moi qui la fais sortir.

Jean-Hugues avait relevé la tête d'un air de défi. Personne ne connaissait son secret. Le Maître des golems, finalement, c'était lui. Nadia se glissa à son côté, les yeux brillants de curiosité.

— Zean-Hugues, tu ne veux pas me dire...

— Non.

Le jeune homme s'était recroquevillé sur la banquette.

— S'il t'arrivait quelque chose, on ne pourrait plus sortir Natacha. Il faut taper ALIAS sur le clavier et après ?

— Ne te fatigue pas.

La colère envahit Nadia.

— Mais tu n'as pas l'air de te rendre compte ! C'est danzereux ce qui nous arrive. Le virtuel qui débarque ! C'est la MC qui est derrière tout ça et ils sont prêts à tout !

Jean-Hugues fit non de la tête.

— Mais si ! chuchota furieusement Nadia en lui donnant une bourrade dans l'épaule.

Elle était bien encadrée, entre un gros macho et un ado attardé.

Au repas de midi pris sur une aire d'autoroute, Albert fit semblant de nourrir l'ordinateur, « une cuillère pour Papa, une cuillère pour Maman ».

— Natacha n'est pas que virtuelle, lui signala Jean-Hugues. Elle peut vous tuer avec son dégom-laser.

— Ça veut dire quoi ? questionna Albert.

— Au lieu de vous tirer dans les pattes, intervint Nadia, vous feriez mieux de vous demander comment vous allez récupérer les enfants.

— Albert va sauter en parachute sur Mondioland et prendre Mondichette en otage, ricana Jean-Hugues.

Albert jeta un regard scandalisé à Nadia.

— Il est gonflant.

À la tombée de la nuit, le camping-car passa la frontière suisse. Nadia avait relayé Albert au volant. Elle se gara à une vingtaine de kilomètres du parc d'attractions. Les deux conducteurs avaient besoin de sommeil et ils gagnèrent le grand lit par la petite échelle.

Jean-Hugues attendit que leurs souffles réguliers lui parviennent. Alors, il quitta son lit puis s'approcha de son ordinateur.

— Natacha, murmura-t-il.

Il débrancha le petit frigo du camping-car et enfonça la prise de son ordinateur. Il ne savait pas encore lui-même ce qu'il allait faire. Dès que l'écran se mit à scintiller, l'étoile à cinq branches apparut avec le message : `Je suis celui qui est autrement appelé.` Jean-Hugues tapa `ALIAS` puis, comme l'ordinateur lui réclamait : `Entre ton nom`, sans prendre le temps de la réflexion, il tapa le mot, le seul mot qui pouvait délivrer sa princesse. `CALIMÉRO`.

L'ordinateur se mit à ronfler, projetant dans l'air l'image de Natacha, le dégom-laser à la hanche, short et débardeur moulant ses formes pleines. Le faisceau lumineux réintégra aussitôt l'ordinateur. Le processus de matérialisation était de plus en plus rapide et précis. Mais les premiers gestes de Natacha avaient toujours cette grâce lente de la rêveuse qui revient au monde. Dans la nuit du camping-car, un halo bleuté suivait les lignes de son corps. Jean-Hugues regardait bouche bée, au bord de la syncope. Qu'avait-il fait ? Qu'allait-il faire ?

— Natacha, chuchota-t-il.

Elle l'avait vu. Cette fois, il n'eut aucun geste à faire car ce fut elle qui avança la main vers lui. Elle caressa l'air tout autour du jeune homme, dessinant sa joue, son épaule. Puis elle posa l'index sur ses lèvres. Natacha avait bien une consistance. Son doigt pesait sur la bouche comme pour intimer le silence. Mais il était froid et légèrement grésillant.

— Jean-Hugues, dit-elle.

Sa voix, encore un peu métallique, s'était ancrée dans les graves. Jean-Hugues frissonna.

— Tu es un… homme, fit-elle.

Elle prononça « homme » sans faire la liaison avec l'article, comme quelqu'un qui découvre le mot et l'essaye pour la première fois. Elle promena sa main sur le visage du garçon, enfonçant la pulpe de ses doigts dans la chair des joues puis caressant le front lisse.

— Homme, murmura-t-elle.

— Je t'aime, dit-il.

— Je t'aime, fit-elle en écho.

— Mon amour.

— Mon amour.

Il sourit. Elle sourit. Un homme et une femme. C'était presque ça. Un cri déchira l'enchantement.

Sur la couchette supérieure, Nadia s'était éveillée et elle avait vu cette forme nimbée de bleu. *Pwijj !* Le coup partit du dégom-laser.

— Nadia, baisse-toi ! hurla Jean-Hugues.

Pwijj, pwijj ! Deux traits suivirent.

— *Reload*, fit la voix de Natacha, devenue caverneuse.

— Non, non, arrête, supplia Jean-Hugues. Ce sont des alliés, arrête !

Pwijj, pwijj. Un déluge de feu blanc-bleu s'abattit sur le camping-car. Nadia et Albert s'étaient tassés contre la paroi. Albert poussa un cri. Un trait de laser venait de l'atteindre à l'avant-bras tandis qu'il cherchait à protéger Nadia. La brûlure était terrible et les chairs commençaient à s'écarter.

— De l'eau ! cria-t-il à Jean-Hugues. Jette-lui de l'eau !

Pwijj, pwijj, reload. Jean-Hugues rampa vers la bouteille d'eau. Mais avant qu'il ait pu s'en saisir, Natacha l'avait pulvérisée. Jean-Hugues ne vit plus qu'une solution. Il se redressa en écartant les bras.

— Vas-y, tue-moi.

Pwijj. Le trait de laser passa à côté de lui. Natacha baissa son arme vers le sol.

— Tu es un… homme.

— Oui. Et les deux autres aussi sont « homme ». Ils n'ont qu'une vie, comme moi. Tu dois comprendre…

— Je vais crever ! l'interrompit Albert d'une voix terrorisée.

Sa blessure au bras continuait de s'ouvrir, comme si un scalpel invisible poursuivait l'œuvre du dégomlaser.

— Zean-Hugues, c'est affreux ! sanglota Nadia.

Elle en oubliait sa peur de la guerrière. Il lui semblait qu'Albert allait se déchirer tout entier.

— Tu as vu ? hurla Jean-Hugues en se tournant vers Natacha. Tu as vu ce que tu as fait ?

— J'ai un bonus ? s'informa-t-elle.

Albert hoquetait de douleur. Nadia s'étouffait de sanglots.

— Mais fais quelque chose, fais quelque chose, supplia Jean-Hugues.

Natacha grimpa les échelons et se pencha sur Albert qui se tordait sur le lit. À sa ceinture pendaient une dizaine de toutes petites gourdes. Elle en détacha une et la renversa au-dessus de la blessure. Il n'en sortit rien qu'un peu de lumière. En quelques secondes, les lèvres de la plaie se refermèrent, puis toute trace de brûlure disparut.

— C'est guéri ! s'écria Nadia, toujours sanglotant. Elle l'a guéri !

— J'avais gagné des trousses de soin dans le jeu, se souvint Jean-Hugues, émerveillé.

Albert se redressa sur un coude, les traits encore déformés par la terreur.

— Il faut la destroyer, souffla-t-il à Jean-Hugues resté en bas, pensant n'être pas compris de Natacha.

Un « *clac-clac* » de mauvais augure lui répondit. Natacha rechargeait son dégom-laser.

— Pas l'eau, dit-elle de sa voix de robot.

— Elle peut nous aider, plaida Jean-Hugues, c'est une a… alliée.

Il avait un peu buté sur le mot car, au milieu du camping-car transformé en champ de bataille, il avait quelques doutes.

Natacha restait perchée sur l'échelle. Elle regardait Nadia et Albert qui se tenaient serrés l'un contre l'autre.

— Homme, dit-elle avec sa voix de rêveuse qui s'éveille.

CHAPITRE III

UNE QUESTION DE JOURS

Le départ de son fils avait plongé madame de Molenne dans une inexplicable tristesse. Dès le lendemain, elle décida de se secouer en faisant un peu de rangement. « Je vais commencer par le bureau de Jean-Hugues », se dit-elle. Madame de Molenne savait qu'on ne doit pas chercher à connaître les petits secrets de son enfant. Elle avait donc adopté une tactique qui consistait à prendre un air de grande indifférence quand elle était sur le territoire de Jean-Hugues. Non, vraiment, elle n'était pas concernée par cette lettre traînant sur le bureau ni par ce papier sorti de l'imprimante. Elle s'approcha et vit qu'il s'agissait d'un mail. Peu importait, du reste, puisque cela ne l'intéressait pas. `Cher Cali, on part, on va tous au week-end de rêve à Mondioland.` Le mot de « Mondioland » fit tressaillir madame de Molenne. C'était là que Jean-Hugues était parti. Du coup, elle se saisit du mail et le lut tout entier. `Nous, c'est moi et puis Aïcha et Samir et Sébastien.` Les élèves de Jean-Hugues allaient, eux aussi, à Mondioland. Quelle drôle de coïncidence !

Majid – c'était lui qui signait le mail –, Majid délirait sur un de leurs copains surnommé Joke. Madame de Molenne lut le passage assez distraitement puis fronça les sourcils au moment où Majid évoquait Lulu à l'hôpital. Madame de Molenne connaissait l'histoire de la petite sœur de Samir, cette fillette condamnée par une maladie génétique. Elle savait que monsieur et madame Ben Azet ne s'occupaient guère de leurs enfants et résolut d'aller voir la petite Lulu en début d'après-midi. Elle lui apporterait des caramels. Comme elle se faisait cette promesse, son regard tomba sur la boîte où était enfermé Bubulle. Jean-Hugues ne semblait pas se soucier beaucoup de la petite bête.

— La boîte est minuscule, constata madame de Molenne.

C'était atroce de laisser ce pauvre dragon de Sumatra dans une prison percée de quelques trous.

— Et s'il avait soif quand même ?

Madame de Molenne posa sur le bureau de Jean-Hugues une soucoupe emplie d'eau puis elle entrouvrit la boîte. Bubulle releva la tête. Madame de Molenne poussa un cri de surprise. Le dragon retournait peu à peu à l'état d'hologramme et la lumière semblait le transpercer. Il était en manque sévère d'électricité. Reconnaissant la big boss au balai, celle qui l'avait vaincu en l'enfournant dans le micro-ondes, il se tassa craintivement au fond de la boîte.

— Mini, mini, mini, tenta de l'apprivoiser madame de Molenne.

Elle lui présenta la soucoupe. De l'eau ! Elle voulait le destroyer complet. Bubulle décida de faire le mort, le museau dans les pattes, les yeux fermés.

— Mini, mini, mini…

Il y avait en madame de Molenne des trésors de tendresse qui ne demandaient qu'à se déverser. Elle passa le bout des doigts sur l'encolure du dragon et en ressentit un désagréable picotement. Elle se souvint alors de l'avertissement de Jean-Hugues. La petite bête était venimeuse. Affolée, madame de Molenne courut à la cuisine et se plongea la main dans une cuvette d'eau glacée.

Bubulle rouvrit un œil. Il lui fallait sa dose d'électricité et il savait où se trouvait la borne de rechargement. Il jeta un regard inquiet vers la porte. Ze problèmo, c'était la boss. Elle changeait de niveau si vite que c'était quasiment de la triche. Bubulle posa les pattes avant sur le rebord de sa boîte, prêt à bondir. *Damned ! La revoilà !*

— Mini, mini, reprit madame de Molenne. C'est incroyable, il a refermé les yeux. Il est rusé comme tout.

Bubulle décida alors de frapper un grand coup. Il ouvrit la gueule et cracha une flamme pâlichonne. Madame de Molenne s'écarta.

— Mais qu'est-ce que c'est ?

Bubulle sauta hors de sa boîte et trottina jusqu'à la commode sous laquelle se trouvait son salut : une prise électrique. Il y plongea la queue. Ah, que c'était bon ! Le super super bonus… Mais pendant le temps de charge, Bubulle se déconnectait. Madame de Molenne, à plat ventre devant la commode, eut donc tout loisir de contempler cet incroyable spectacle, un dragon de Sumatra rechargeant ses accus. Cette fois,

Jean-Hugues n'était pas là pour prétendre que Bubulle était un proche parent du poisson-torpille. Cet animal n'était pas « curieux ». Il était invraisemblable.

Soudain, un frisson parcourut madame de Molenne. Elle venait de faire un étrange rapprochement. Que disait le mail de Majid ? Elle reprit le papier : `... on s'inquiète pour Joke... Est-ce que tu peux demander à l'EDF de baisser un peu la sauce, de mettre du courant un peu moins fort ?` Des pensées vagues et menaçantes commençaient à envahir l'esprit de madame de Molenne. Elle ne parvenait pas encore à imaginer l'inimaginable mais elle s'en approchait.

Après le déjeuner, elle s'assura que le bureau de Jean-Hugues était bien fermé, enfila un ciré jaune et partit pour l'hôpital. Une sorte d'intuition, de celles qui vous font pressentir le pire, guidait ses pas. Madame de Molenne s'arrêta devant une confiserie pour acheter des caramels mous. Trois pas sur le trottoir et elle se retrouva toute trempée. Il faisait un temps à ne pas mettre un dragon dehors.

À la réception, on fut très content que quelqu'un vienne pour la petite Ben Azet.

— Vous êtes sa mère ? hasarda une infirmière.

Madame de Molenne comprit que madame Ben Azet n'était pas venue rendre visite à son enfant.

— Je ne suis qu'une amie, répondit-elle. Comment va Lulu ?

— C'est le problème, justement. On essaye de contacter les parents depuis hier. Ils ne sont jamais chez eux.

Madame de Molenne regarda son joli paquet de caramels enrubanné.

— Mais la petite ? insista-t-elle.

L'infirmière baissa pudiquement les yeux.

— C'est une question de jours…

L'agitation était retombée. Lulu était mourante.

— Est-ce qu'il est possible de la voir ?

L'infirmière eut un grand sourire.

— Oh, ça, oui ! Elle n'a pas beaucoup de visites…

Depuis que sa maladie l'avait reprise, Lulu n'était plus un cas intéressant. On la laissait mourir tranquillement.

Madame de Molenne ne connaissait Lulu que par ouï-dire. Son cœur se serra à la vue de l'enfant toute menue et décolorée sous le drap blanc. Une seule perfusion maintenait l'hydratation du petit corps.

— Elle ne souffre pas ? s'inquiéta madame de Molenne.

— Mais non, répondit l'infirmière en s'en allant bien vite.

À l'abandon. Ce furent les mots qui vinrent à l'esprit de madame de Molenne. L'enfant était laissée à l'abandon. Comme un coin de jardin en friche. Comme un chien au bord de la route.

Madame de Molenne posa les caramels sur la table de chevet puis s'assit sur le lit. Elle croisa les mains sur ses genoux, ferma les yeux et pensa à son mari qu'elle avait longtemps accompagné dans la maladie. L'enfant allait mourir sans même un regard d'amour sur elle. Madame de Molenne eut l'impression qu'elle n'avait pas été conduite auprès d'elle par le seul hasard. Elle rouvrit les yeux et passa la main dans les cheveux bouclés. Était-ce possible ? Elle ressentait comme des picotements au bout des doigts. Lulu… Bubulle…

— Joke…

L'enfant venait de parler. Madame de Molenne se pencha vers elle.

— Qu'est-ce que tu dis, ma chérie ?

— Maman, murmura Lulu, il faut sauver Joke.

L'enfant semblait perdue dans un rêve.

— Joke est tout chmouf. C'est pour ça. J'ai plus la Force, maman.

— Tu vas bientôt aller mieux, mentit madame de Molenne. Les docteurs l'ont dit.

— Ils savent rien, les docteurs, répondit Lulu dans un souffle. Il faut aller donner à manger à Joke.

Madame de Molenne songea alors que la fillette avait peut-être laissé chez elle un hamster ou un poisson rouge dont elle s'inquiétait. Mais l'explication ne la satisfaisait pas totalement. Le mail de Majid parlait aussi d'un certain « Joke ».

— Il est dans ta chambre ? s'informa madame de Molenne, sans être sûre que Lulu l'entendait.

La petite sourit faiblement, sans ouvrir les yeux.

— Non, maman, il est dans la carrière.

Madame de Molenne sentait qu'elle touchait presque du doigt la vérité. Mais, comme dans les labyrinthes à la foire, sa main heurtait une paroi de verre, puis une autre.

— Fais vite, maman, chuchota l'enfant.

« C'est une question de jours », avait dit l'infirmière. Madame de Molenne se releva. Faire vite, mais faire quoi ?

— Embrasse-moi, maman, réclama Lulu.

Elle gardait les paupières closes pour maintenir l'illusion que sa mère était venue la voir. Madame de Molenne effleura sa joue et reçut une petite décharge d'électricité statique.

Avant de retourner dans son appartement, sans trop savoir pourquoi, elle fit un détour par les carrières de gypse abandonnées. Sans doute était-ce l'endroit dont Lulu lui avait parlé. Elle eut la tentation de descendre de voiture pour aller inspecter ces lieux étranges. Mais c'est le moment que choisit l'orage pour redoubler de violence. Il y eut un roulement de tonnerre. Puis, comme en écho, madame de Molenne crut entendre une sorte de hurlement qui la fit frissonner. Elle se promit de revenir un autre jour, par temps sec, et d'essayer de résoudre l'énigme dissimulée par ce nom farceur : Joke.

Si elle s'était aventurée dans la grande caverne, madame de Molenne aurait découvert un spectacle de désolation. Les pluies abondantes de ce mois de juillet s'étaient infiltrées par les voûtes fissurées. Devant l'entrée des galeries souterraines, un lac s'était formé, où l'on voyait flotter les vestiges de la Mondial Aréna.

Cela faisait plusieurs jours que Joke n'avait pu quitter son repaire. L'eau coulait du ciel, l'eau s'étendait à droite comme à gauche. L'eau l'empêchait d'aller satisfaire au pylône de l'EDF son appétit devenu boulimique. L'eau l'affamait.

Quand il s'approchait du petit lac, Joke y voyait son reflet. Chaque jour moins haut, chaque jour moins gros. Et il avait faim d'autre chose que d'électricité.

Oui, autre chose lui manquait. Perché sur un rocher au bord de l'eau, tendant ses pattes, il appelait dans un cri déchirant :

— Ami… Ami…

Dans l'appartement, Bubulle attendait l'ennemie de pied ferme. Gonflé à bloc, pétant la forme, il trottinait entre les meubles avec la vivacité du lézard qui se glisse entre les roches. De temps en temps, *just for fun*, il crachait sa petite flamme et regardait d'un air de satisfaction le trou de roussi dans la moquette. Tout n'était pas nul dans ce jeu.

— Mais quelle plaie, ce machin ! s'exclama madame de Molenne en l'apercevant.

Se souvenant de sa première victoire sur l'adversaire, elle courut chercher son balai. La croyant en déroute, Bubulle se redressa fièrement sur ses pattes arrière.

— Allez, *pchui* !

Enfer et déconfiture. L'arme surpuissante ! Bubulle s'aplatit en signe de reddition puis se mit à ronronner comme un chaton sans défense.

— Une véritable infection, murmura madame de Molenne, nullement attendrie.

Elle donna quelques petits coups de balai dans les flancs de la bestiole, qui se mit à alterner ronrons et couinements.

— Je vais le remettre dans sa boîte, décida madame de Molenne.

La prison ? Ah, ça, non ! Bubulle en avait ras les écailles. Il s'écrasa un peu plus sur le sol et endura les coups de balai sans bouger d'un millimètre, *ron*, *ron*, *couine, couine*. Madame de Molenne renonça brusquement à l'opération de mise en boîte. Son regard venait de se poser sur le mail de Majid. Elle le relut en frissonnant : `Sauf qu'on s'inquiète pour Joke. D'après Samir qui l'a vu il est devenu monstrueux. On a peur qu'il sorte tout seul de la carrière.` Un monde extraordinaire s'entrouvrait devant madame de Molenne mais son esprit rationnel préférait rester sur le palier.

Un bruit de trottinement lui fit baisser les yeux. Bubulle s'était faufilé jusqu'à elle et, aplati à ses pieds, il levait vers elle un regard d'imploration. Cela devenait gênant. Madame de Molenne n'avait jamais persécuté un être vivant. Mais était-ce bien un être vivant ? La sonnerie du téléphone l'arracha à ses réflexions.

— Jean-Hugues !

Malheureusement, ce n'était que la rédactrice en chef de *Psychologie, les clefs de l'esprit*, qui attendait d'elle un article sur les dangers que les jeux vidéo font courir aux enfants.

— Quels dangers ? demanda machinalement madame de Molenne.

— Mais vous savez bien, s'étonna la rédactrice en chef. Les risques de confusion entre le virtuel et le réel…

— Aucun risque, l'interrompit madame de Molenne.

En face d'elle, Bubulle faisait le beau, assis sur sa queue de dragon.

— Tout de même, il faudrait nuancer, objecta la rédactrice en chef. Les jeux sont parfois tellement réalistes que les enfants risquent…

Clic. Madame de Molenne avait raccroché. Elle s'accroupit et gratta la moquette :

— Mini, mini, mini…

Le petit dragon retomba sur ses quatre pattes et vint tout près, tout près de la boss au balai. Il était bel et bien apprivoisé. Madame de Molenne s'éloigna vers la cuisine, Bubulle sur les talons. Ce petit compagnon lui faisait mesurer à quel point sa solitude était réelle.

Le soir venu, elle laissa ouverte la porte de sa chambre. Bubulle, triomphant, eut la certitude de découvrir le dernier décor du jeu. Avec beaucoup de tact et sans le moindre commentaire, madame de Molenne poussa le fauteuil qui masquait une prise électrique, juste à hauteur de dragon. Elle songea en se couchant : « À chacun son bonheur sur terre. » C'était peut-être le dernier mot de la psychologie.

À l'hôpital, l'infirmière qui vint border Lulu pour la nuit s'aperçut que l'enfant n'était plus du tout électrique. Tout rentrait dans l'ordre. Joke et Lulu s'étaient déconnectés. La mort allait devenir une réalité.

CHAPITRE IV

DANS LES GRIFFES DE LA MC

— Hi, kids, accrochez-vous !

Le parc Mondioland avait affrété un hélicoptère spécialement pour Samir, Majid, Sébastian et Aïcha, piloté par Jason. L'Américain hilare avait décidé d'offrir une frayeur gratuite aux gamins en fonçant droit vers un piton rocheux.

Au dernier moment, il vira pour éviter l'obstacle.

— La dernière fois que j'ai fait ça, la porte était ouverte. J'espère que le type est tombé dans la neige. Sinon, il a dû se faire mal, hein ?

— Jason est un farceur, commenta Eddie sans daigner sourire.

— Et ça ? C'est pas beau, ça ? s'exclama Jason.

Au bout de son doigt pointé, les enfants découvrirent les six pays imaginaires qui composaient Mondioland. Nichés dans la verdure, rutilaient les dômes, les clochetons, les statues géantes, les manèges enchantés et les petits lacs. À 9 h 30 du matin, le parc semblait encore calme. Mais devant les arcades de l'entrée s'étirait déjà une queue longue de plus de cent mètres.

Aïcha, Samir, Majid et Sébastien étaient des hôtes de marque. La bousculade, l'attente, ce n'était pas pour eux. Grâce à leur passe, ils allaient pouvoir se présenter à la caisse réservée aux VIP. Pour deux jours, Mondioland était à eux, entièrement à eux. À la boutique Mondiocado, on leur offrit le fameux t-shirt : « *Life is MC.* »

Majid voulait découvrir Vidéoland. Samir était attiré par Bankland. Sébastien ne s'imaginait pas ailleurs qu'à Futureland. Aïcha rêvait du palais de Mondina, dont les tourelles dominaient Funland.

— Mon père a dit qu'on devait jamais se séparer, dit-elle.

— Pourquoi pas Gruyèreland ? proposa Eddie. On peut faire du toboggan dans le gruyère géant. Et après, vous visiterez l'atelier. Ils fabriquent des meules de trente-cinq kilos, là-dedans !

Eddie jeta un coup d'œil sur sa montre. Il avait deux heures devant lui. Deux heures avant de conduire les enfants à Futureland. Il allait falloir les occuper.

La fromagerie ne recueillit aucun suffrage.

— Regardez ! s'exclama-t-il. Voilà Mondichette et Mondoudou ! Vous voulez peut-être leur serrer la patte ? Ou alors… tiens… une idée… j'ai mon appareil photo !

Les enfants des Quatre-Cents contemplèrent avec dégoût les créatures molles et poilues qui approchaient.

— Plutôt crever, dit Majid.

— Y a pas des trucs qui font peur ? demanda Samir.

— T'en fais pas, dit Eddie. Mais mieux vaut commencer doucement. Tenez, montez, y a un train qui passe.

Eddie ne l'avouait pas, mais il avait horreur des Rails de la Mort et du Manoir de l'Épouvante. Déjà, quand il était môme, il hurlait dans les manèges.

Ils firent le tour du parc à douze kilomètres-heure, dans un wagonnet jaune et rouge, pour repérer les attractions. Bankland et sa roulette infernale qui vous emportait, sanglé à l'intérieur d'une bille, dans un tourbillon chaotique. Consumerland, gigantesque Mondiorama dont on visitait les rayons à bord d'un chariot électrique. Funland et son corps humain géant où l'on entrait par la bouche puis ressortait par les intestins dans un bruit pétaradant.

Parvenu au Mondial Terminus, Eddie consulta sa montre. Il restait plus d'une heure à tirer.

— Bon, y a quoi comme truc fun ? le bouscula Samir.

— Ça va être l'heure de la Prout Parade, proposa Eddie.

Mais les garçons avaient aperçu l'entrée du Manoir de l'Épouvante. Eddie se serait volontiers contenté d'attendre les gamins à la sortie. Attachés à leurs sièges, ils ne risquaient pas de disparaître. Mais c'était contraire aux consignes.

Quand la chenille infernale s'enfonça dans les ténèbres, les enfants trépignaient d'excitation. Au premier frôlement de toiles d'araignée, les rires se turent. Ensuite, ce fut pour chacun comme s'il avait rendez-vous avec ses propres fantômes. Dans un sinistre salon où la Mort menait le bal, Aïcha vit danser de petites fumées vertes pareilles à celles qu'elle avait vues onduler sur son palier. Au détour d'un couloir, Samir et Sébastien se retrouvèrent nez à nez avec un spectre fluorescent. Pendant une fraction de seconde, ils crurent revivre leur face-à-face avec le golem, dans la cave des Colibris. La chenille allait si vite qu'elle remontait le cours du temps. Majid se retourna. Un homme s'était hissé derrière son dos, un tueur blême aux yeux rouges. C'était Klaus, le faux livreur de la MC.

— Emmé ! appela Majid.

Mais son agresseur n'était plus qu'un squelette s'agitant au bout d'une corde de pendu.

Eddie, cramponné à son siège, avait choisi de n'ouvrir qu'un œil. Mais il fut bien obligé d'ouvrir l'autre et en grand. Les Malfaisants étaient de retour ! Comme dans la cité, lorsqu'ils avaient surgi devant les phares de sa camionnette. Une meute enragée, poilue et griffue. Il fit de grands gestes pour s'en débarrasser. En vain. On ne chasse pas des hologrammes.

À la sortie du Manoir, ils éclatèrent tous d'un rire un peu forcé.

— On va faire des tours de manège ? proposa Eddie.

— Navette en perdition ? dit Samir en matant la capsule qui tournoyait à cinquante mètres du sol.

— Non, non. J'en connais un mieux. Avec des girafes et des dromadaires.

Eddie était vert comme un kiwi bien mûr. Personne ne voulut le contrarier.

À 11 h 25, il rassembla sa jeune troupe.

— On passe aux choses sérieuses, annonça-t-il. Regardez plutôt ça !

Il leur désignait le dôme miroitant qui dominait Futureland, le pays le plus branché du parc.

— Le Mondiamax ! s'écria Eddie d'un ton enthousiaste. Regardez, mais regardez !

Ce que l'on voyait, c'était l'interminable file d'attente devant les portes argentées.

— Regardez... comme ils ont l'air déçu, reprit Eddie. Fermé ! Le Mondiamax est fermé ! Et vous savez pourquoi ?

— Accouche, fit Samir.

— Parce qu'il est tout à vous ! À toi, Samir. Et à toi, Majid.

— Ben ! Et nous ? s'exclamèrent en chœur Aïcha et Sébastien.

Eddie leur adressa une mimique mystérieuse.

— Votre tour viendra... plus tard. Nous leur avons préparé une surprise... une surprise pour deux personnes. Majid et Samir sont bien les deux grands gagnants, non ? Honneur aux vainqueurs !

— Mais mon père, il a dit..., commença Aïcha.

— Tu ne seras pas seule, coupa Eddie. Sébastien reste avec toi. Je suis sûr que vous avez faim. Je vais vous installer au Mondial Café.

Majid ressentit un petit tiraillement du côté de l'estomac mais n'osa rien dire. Il avait trop envie de découvrir la surprise pour deux personnes.

La vaste salle du Mondiamax était déserte. Quatre-vingts sièges inoccupés tournés vers un écran géant. Déserte ? Non, pas tout à fait. Dans la cabine du projectionniste, il y avait quelqu'un. Mais ce n'était pas le projectionniste.

L'homme qui regarda entrer les deux lauréats du concours Mondiorama se nommait Orwell. Pour les initiés, c'était le majordome de monsieur William, le patron de la MC. Mais les initiés étaient rares.

« Ainsi les voilà, songea Orwell. Majid Badach et Samir Ben Azet. » Deux enfants hauts comme trois pommes, deux petites crapules de banlieue. Deux grains de sable, qui avaient réussi à enrayer la mécanique de la MC. Orwell n'en croyait pas ses yeux. Pourtant, il avait l'impression de voir là, devant lui, les assassins de Sven, les mômes qui avaient mené Klaus à sa perte, qui avaient détourné le précieux ordinateur Nouvelle Génération, qui avaient lâché sur une cité de béton… était-ce possible ?… une horde de démons électroniques. Deux grains de sable qu'il faudrait balayer.

— Installez-vous, leur dit Eddie. Là. Et là. Vous allez vivre une expérience inoubliable.

Il ne put s'empêcher de rire.

— Inoubliable, répéta-t-il.

— Qu'est-ce que vous faites ? s'inquiéta Majid. Mais attachez-moi pas !

— Tss ! Tss ! siffla Eddie. Le Mondiamax, l'attraction la plus moderne de la planète ! Je vous branche directement dessus, vous comprenez ?

— Mais je suis pas malade ! protesta Samir.

Eddie venait de lui envelopper le bras dans une sorte d'épais brassard, un appareil qu'il lui semblait reconnaître : le docteur passait le même à Lulu quand il voulait prendre sa tension.

— Vous allez décoller pour un voyage vers les étoiles, expliqua Eddie. Même les cosmonautes ne sont pas mieux équipés.

Majid et Samir avaient à présent un cordon autour de la poitrine. Eddie leur attachait quelque chose aux doigts de la main droite.

— Mais c'est la chaise électrique ! s'indigna Samir.

— Des électrodes, mon grand, rien de plus inoffensif.

— C'est électrique, ça, les électrodes !

— Ouvrez bien les yeux. On va décoller.

L'obscurité se fit dans la salle du Mondiamax. La projection commença. Et, aussitôt, les deux spectateurs oublièrent tout pour se plonger dans le spectacle extraordinaire d'une station orbitale. La Mondial Galactic les invitait à un saisissant voyage.

D'abord, tout fut beau et paisible. Le Mondial Starship était un vaisseau colossal naviguant d'étoile en étoile. Majid et Samir purent se prendre pendant quelques minutes pour des pionniers de l'espace partant à la découverte de la galaxie. C'est alors que le Mondial Starship entra dans une ceinture d'astéroïdes où régnait un orage magnétique d'une violence inouïe.

Soudain, le vaisseau fut pris dans des turbulences terrifiantes. Les deux passagers étreignirent les accoudoirs de leurs fauteuils. Mais plus rien ne pourrait les faire revenir sur Terre. Ils oscillaient sur leurs sièges, basculaient avec le Mondial Starship, ressentaient jusqu'aux os l'ébranlement qui accompagnait chaque pluie de météorites. Quand le vaisseau s'engouffra dans un canyon aux parois hautes de plusieurs kilomètres, ils crurent qu'ils allaient s'écraser. Quand un roc égaré perça la coque du navire spatial, ils eurent l'impression de manquer d'oxygène. Puis, lors de la grande explosion, ils sentirent sur leur peau la chaleur de l'incendie.

Inexorablement, ils plongeaient vers le cœur d'un brasier éblouissant.

À cet instant, Samir et Majid ne savaient plus qu'ils se trouvaient dans une salle de spectacle du parc de Mondioland. Tous deux hurlaient leur terreur, attirés par une boule de feu, sans recours, sans espoir.

Devant leurs yeux écarquillés, la masse en fusion tourbillonna. Puis elle perdit de son éclat, se transformant en une gigantesque spirale noire et blanche, un gouffre sans fin ni commencement.

Le silence était revenu dans la salle du Mondiamax. Eddie examina rapidement Majid et Samir. La longue séquence vidéo avait exercé sur eux une telle fascination que la spirale noire et blanche du Mondhypnose les avait happés sans coup férir. Ils étaient à présent plongés dans un profond état hypnotique, yeux grands ouverts.

— Majid, tu m'entends ?

— Oui.

— Samir, tu m'entends ?

— Oui.

Eddie jeta un regard en direction de la sombre cabine où se dissimulait Orwell. L'interrogatoire pouvait commencer.

Grâce à une oreillette, Eddie recevait les instructions d'Orwell. Les deux hommes étaient convenus de commencer par une série de questions très simples, destinées à vérifier la façon dont les enfants se comportaient lorsqu'ils disaient la vérité.

Majid déclara qu'il s'appelait Majid Badach, qu'il vivait avec son père et sa mère dans le bâtiment les Colibris, à la cité des Quatre-Cents, qu'il allait bientôt avoir 13 ans et s'apprêtait à passer en classe de 4e. Tandis que Samir fournissait des réponses tout aussi limpides, dans la cabine du projectionniste, Orwell scrutait ses appareils.

Sur de longues bandes de papier s'inscrivaient des lignes brisées qui trahissaient les réactions des enfants. Le brassard qu'ils avaient autour du bras indiquait la pression sanguine. Le cordon enroulé autour de leur poitrine transmettait leur rythme respiratoire. Les électrodes placées sur leurs doigts mesuraient l'importance de leur transpiration. Maintenant, Orwell savait à quoi ressemblaient les tracés quand un Majid ou un Samir s'exprimait avec franchise.

Orwell souffla quelques mots dans son micro.

Eddie répéta la question.

— Majid, tu as un bel ordinateur, n'est-ce pas ? Comment l'as-tu obtenu ?

— C'est ma mère qu'a gagné le concours des Trois Baudets, répondit docilement Majid.

— Bien, bien… et cet ordinateur est-il toujours chez toi ?

— Non.

— Où est-il maintenant ?

— Chez Jean-Hugues.

— Jean-Hugues ? Qui est Jean-Hugues ?

— C'est mon prof de français.

— Ah ? Et quel est son nom complet ?
— Jean Hugues de Molenne.
— Très bien.
Eddie écouta la voix d'Orwell puis enchaîna.
— Samir, sais-tu qui est Sven ?
— Non.
— Je vais essayer de te rafraîchir la mémoire. Sven a été découvert mort dans une cave, dans le bâtiment des Colibris. Es-tu au courant ?
Là-haut, devant ses graphiques, Orwell nota que le cœur de Samir battait plus fort. Les lignes faisaient des pics, indiquant que le gamin éprouvait une vive émotion.
— Oui, dit Samir.
— Sven avait un portable sur lui. Sais-tu où il est passé ?
— Je… je l'ai trouvé.
— L'as-tu gardé ?
— C'est Martin… elle me l'a confisqué.
— Qui est Martin ?
— Nadia Martin. C'est la prof de SVT.
— Parfait. Samir, est-ce toi qui as tué Sven ?
— Non !
Samir s'agita, comme s'il essayait de se libérer des sangles qui le retenaient au fauteuil.
— D'accord, dit Eddie. Ce n'est pas toi. Sais-tu qui a tué Sven ?
Dans la cabine, Orwell observa que la question semblait plonger Samir dans un trouble violent. Il ordonna à Eddie de la répéter.
— Je… je ne sais pas.
— Insistez ! hurla Orwell dans son micro.

— Samir, dit patiemment Eddie. Même si tu ne le sais pas, peut-être as-tu une idée ? Est-ce que tu peux essayer de deviner qui a tué Sven ?

Là-haut, l'appareil appelé polygraphe s'affolait.

— Est-ce Jean-Hugues ? Est-ce Albert ? suggéra Eddie.

— Non !

— Tu as sûrement une idée…

— Joke, souffla Samir, je crois… Joke…

Eddie lança un regard interrogateur en direction de la cabine.

— Qui est-ce ? Qui est ce Joke ?

— C'est le golem… il est sorti du jeu.

Eddie sentit un frisson le parcourir. Orwell, lui, examinait toujours ses graphiques. Le gamin avait repris son calme. La vérité avait eu du mal à sortir de sa bouche. Mais c'était la vérité.

CHAPITRE V

LA PETITE FILLE AU MOULIN À VENT

Sébastien et Aïcha avaient dévoré la moitié de l'énorme pizza qu'on leur avait servie. Puis, comme le temps passait et qu'ils ne voyaient toujours pas réapparaître Samir et Majid, chaque bouchée était devenue plus difficile à avaler.

— Mon père, il a dit…, commença Aïcha.

— On sait.

Sébastien fouilla du regard la foule qui grouillait autour du Mondial Café.

— Ça doit être une super surprise. J'espère qu'on va y aller aussi, au Mondiamax.

Trois tables plus loin, une petite fille dégustait une glace surmontée d'un dôme de chantilly. Elle tenait sa cuillère d'une main et de l'autre présentait à la brise les ailes de plastique noires et blanches d'un moulin à vent. Sébastien se demanda s'il aurait envie d'une glace, après la pizza.

— On attend encore un quart d'heure et on va voir au Mondiamax, décida-t-il.

Au Mondiamax, la séance était finie et le polygraphe était formel : les enfants n'avaient pas menti. Leur

Joke existait bel et bien. Du coup, tout le reste devenait plausible. Martin-Weber prétendait avoir vu une horde de bestioles à cornes, à poils et à plumes dans la cité des Quatre-Cents. Eddie avait fourni une description à peu près semblable. La description des Malfaisants.

Le jeu d'Albert semblait vomir ses personnages dans les rues. C'était prodigieux. C'était extraordinaire. Seulement voilà, c'était impossible.

« Il me faut Albert, songea Orwell, il me le faut vivant. » Les enfants avaient parlé. Orwell savait qu'Albert s'était réfugié dans une sorte de camping-car. Mais ni Samir ni Majid ne connaissaient la marque du véhicule, encore moins son numéro d'immatriculation. Le camping-car appartenait aux parents du petit Sébastien. C'était à celui-là qu'il allait falloir soutirer les informations.

Malgré tout, Orwell continuait d'entendre au fond de lui une petite voix qui répétait : *ce golem qui sort du jeu... c'est impossible... impossible... impossible...* Mais, d'après ses concepteurs, il était également impossible de tromper le Mondhypnose. Orwell décida alors de tenter une dernière expérience.

Dans la salle de spectacle, Eddie venait de constater avec satisfaction que Samir et Majid dormaient profondément. Ils ne se réveilleraient que quand on leur en aurait donné l'ordre. Et ils auraient tout oublié. Épatant, ce Mondhypnose ! Eddie sursauta. Orwell venait de surgir derrière lui.

— Prenez place dans ce fauteuil, Eddie.

— Moi, monsieur Orwell ?

— J'aimerais que vous vous soumettiez, vous aussi, à une petite séance d'hypnose.

— Moi ?

Il y avait quelque réticence dans la voix d'Eddie. Le Mondhypnose, c'était épatant… sur les autres. Eddie avait entendu parler de possibles effets secondaires de l'appareil et n'avait pas trop envie de servir à son tour de cobaye.

— Vous allez vous montrer coopératif, n'est-ce pas, Eddie ? susurra Orwell. Vous allez fixer intensément la spirale noire et blanche du regard. Ce ne sera pas long. Juste une petite question à vous poser.

Eddie, avez-vous vraiment vu les Malfaisants dans les rues des Quatre-Cents ?

Au Mondial Café, Aïcha s'impatientait :

— Bon, on y va ?

Sébastien s'était laissé tenter par la glace chantilly.

— Chinq minutes, dit-il, la bouche pleine.

Aïcha soupira puis, le visage entre les mains, elle regarda rêveusement la petite fille au moulin à vent. Elle pensait à sa petite sœur. Aïcha n'était pas toujours heureuse chez elle et pourtant la maison lui manquait déjà. Soudain, elle poussa un cri. Une vieille dame en robe et chapeau noirs venait d'apparaître à côté d'elle, lui bouchant le soleil. Une horrible vieille dame.

— N'aie pas peur, mon enfant, dit-elle d'une voix de crécelle. Tu ne me reconnais pas ? Je suis Mondialita, la sorcière. Je sais tout du passé et de l'avenir. Ne veux-tu pas connaître ton destin ?

— Non ! s'écria Aïcha.

— Et toi, jeune homme ? demanda Mondialita à Sébastien.

— Faut pas rigoler avec ces trucs-là, dit Sébastien. C'est sérieux, la sorcellerie.

— Mais je suis très sérieuse. Attends… peut-être puis-je te convaincre ? Donne-moi ta main.

Sébastien ricana puis tendit sa main à la sorcière.

— Ooooh, dit Mondialita, je vois que tu viens de très loin. Près de Paris, hein ?

Sébastien haussa les épaules, refusant de se laisser impressionner.

— Je sais tout de toi. Je sais que tu aimes beaucoup la nature…

— Bof !

— Enfin… tes parents aiment la nature.

— Ah ouais, eux !

— Je vous vois… comme c'est étrange… vous êtes dans une maison, mais une maison qui roule.

Sébastien éclata de rire.

— C'est le camping-car ! Comment vous avez deviné ?

— Je sais tout, mon enfant. Je… mes yeux ne sont plus aussi bons qu'autrefois… je n'arrive pas à lire la marque. Je la vois mais…

— C'est un Amical 5 ! lança Sébastien.

— Ah oui, c'est ça. Quand j'étais jeune, j'aurais même pu lire les petits chiffres, sur la plaque.

— L'immatriculation ?

— Oui, c'est ça. Je lis un 4, je crois mais… ah là là, c'est tout flou, mes pauvres yeux fatigués… est-ce que tu peux m'aider ?

— 234, commença Sébastien.

C'est alors qu'un personnage inattendu fit son apparition : la petite fille à la glace chantilly. Elle vint se planter avec effronterie en face de Mondialita, tenant toujours à la main son moulin à vent noir et blanc.

— Vous êtes même pas une vraie, déclara-t-elle. D'abord, ça existe pas, les sorcières.

Mondialita fit un geste agacé dans sa direction. Mais la gamine était du genre teigne.

— C'est comme les Pères Noël des magasins. Ils veulent juste vous faire payer pour la photo. C'est nul.

— File de là ou je te jette un sort, un s… un s…

La voix de Mondialita s'était enrayée comme un vieux disque cloqué.

— Ah ! T'oses même pas ! triompha la petite peste.

Mondialita s'était statufiée. Ses yeux aux pupilles dilatées fixaient un point précis : le moulin à vent. En tournant, ses ailes noires et blanches faisaient comme une spirale.

— Avoue que t'es pas Mondialita !

— Je ne suis pas Mondialita.

La voix de la sorcière avait changé. Elle était devenue grave. Une voix d'homme.

— T'es même pas une fille. Hein que t'es un garçon ?

— Je suis un garçon.

— C'est quoi, ton vrai nom ?

— Eddie.

Eddie succombait à une rechute hypnotique.

— Et pourquoi tu te déguises en sorcière ?

— J'accomplis ma mission.

— Ah ?

La petite fille prit un air intéressé.

— Qu'est-ce que c'est comme mission ?

— Je dois retrouver Albert. Je dois faire parler Sébastien.

Sébastien, qui avait assisté à la scène d'un air ahuri, se leva brusquement.

— Quoi ? De quoi vous devez me faire parler ?

La sorcière Eddie roula des yeux terrifiants, comme luttant pour s'arracher à la fascination du moulin à vent.

— Du camping-car.

— Le camping-car ? répéta Sébastien. Que voulez-vous savoir ?

— Le numéro... le numéro...

— D'immatriculation, conclut Sébastien.

— Alors ça, c'est passionnant comme mission, se moqua la petite fille.

Sébastien attrapa Aïcha par le bras.

— Viens. Faut filer de là.

Il bouscula la gamine au passage et fit tomber par terre son moulin, mettant fin à la séance d'hypnose. Eddie s'ébroua, vacilla puis s'affala au beau milieu du Mondial Café, empêtré dans sa robe de sorcière.

— Qu'est-ce que... qu'est-ce qui s'est passé ? marmonna-t-il.

Quand Eddie reprit ses esprits, ses proies étaient loin. Elles couraient à travers le parc, Sébastien tirant par la main une Aïcha déboussolée.

— On va pas au Mondiamax ?

— Dépêche-toi !

— Mais on peut pas laisser les autres !

— Plus vite, Aïcha !

— Mais explique-moi !

Sébastien cessa un instant de courir.

— On est tombés dans un piège.

— Et Majid ? Et Samir ?

— Prisonniers, ma vieille. Allez, viens.

Ils reprirent leur course.

— Sébastien, où est-ce qu'on va ?

— Faut sortir de là. Et prévenir Jean-Hugues.

À l'entrée de Funland, Aïcha s'arrêta, hors d'haleine, et refusa d'aller plus loin.

— Viens, lui dit Sébastien. On va se planquer dans le corps humain.

Il entraîna Aïcha vers l'escalier qui menait aux grandes dents blanches.

Sur la langue, Aïcha s'étonna :

— Pourquoi Eddie nous a tout raconté ? Un piège, ça se dit pas.

Dans l'œsophage, Sébastien répondit :

— Il avait l'air bizarre, Eddie. On va s'asseoir un peu dans l'estomac. Faut que je réfléchisse.

La paroi de l'estomac palpitait derrière eux avec un bruit sourd. Sébastien tenta de trier ses pensées, raisonnant tout haut :

— Peut-être qu'Eddie a voulu nous prévenir… peut-être que c'est un ami d'Albert… Albert, c'est une sorte d'agent secret qui… qui a enrôlé Nadia Martin. Le camping-car, maintenant, c'est un peu comme leur base. J'aurais dû me méfier quand Mondialita m'a parlé du camping-car. Je suis vraiment trop con. Sauf que quand Mondialita est devenue Eddie… Et merde !

— Quoi ? fit Aïcha.

— J'y comprends rien, conclut Sébastien, désespéré.

CHAPITRE VI

ALIAS N'EN FAIT QU'À SA TÊTE

— Aouah ! s'exclama Majid, j'ai cru qu'on était morts.

— Comment qu'elle nous a niqués, la météorite géante ! fit Samir. C'est quoi la fin ? Y a pas un machin de sauvetage, tu sais, comme dans *Titanic* ?

Dans leurs souvenirs, la séance au Mondiamax s'était interrompue au moment de la grande explosion.

— C'est qui, lui ?

Majid venait de découvrir la présence souriante d'un inconnu à droite de son fauteuil. Orwell était enchanté. Comme il l'espérait, toute trace du petit interrogatoire sous hypnose s'était effacée de l'esprit des enfants.

— Je… je suis le projectionniste, improvisa Orwell. Il y a eu un incident technique. Je crains que vous n'ayez raté la fin. Rassurez-vous : le commandant du Mondial Starship réussit *in extremis* à passer en hyperespace et ramène l'équipage sain et sauf à l'astroport de Mondial City.

— Cool, dit Samir.

— Ce truc de folie, souffla Majid. Moi, je me souviens d'être mort. J'ai la tête qu'explose et après...

Il fronça les sourcils. Quelque chose manquait. Quelque chose qui ressemblait à un grand trou noir. Il se sentait mal à l'aise, nauséeux. Pas étonnant. Déjà, ce matin, il avait failli gerber dans l'hélicoptère. Alors, l'hyperespace...

— Et l'autre ? demanda Samir. Où il est passé, Eddie ?

— Il va revenir, certifia Orwell. Il est sorti faire un petit tour. Le Mondiamax, il connaît ça par cœur.

À cet instant, une voix retentit au bout de la salle, près de l'entrée.

— Ils ont filé !

Majid et Samir mirent un bref instant à identifier l'étrange créature qui remontait l'allée à pas précipités, entre les fauteuils. Eddie portait un chapeau dont la longue pointe lui pendait sur le côté de la tête et traînait une robe noire dont il essayait de se défaire en secouant le bras.

— Je ne sais pas ce qui s'est...

— Nous réglerons ça plus tard, coupa précipitamment Orwell. Sortez d'ici et remettez un peu d'ordre dans votre tenue.

— Attendez, il faut que je vous explique. Parce que vous n'allez pas me croire. La spirale... elle est revenue.

— Eddie, taisez-vous !

— Il y avait la petite fille avec le moulin à vent... vous voyez ce que je veux dire ? À côté du gamin, Sébastien...

Majid et Samir échangèrent un regard intrigué. Eddie avait l'air de débloquer complètement. Il tituba, puis s'affala sur un fauteuil.

— Ça revient, dit-il, ça revient.

Il se produisit comme un déraillement dans sa gorge et il lança d'une voix de fausset :

— Je sais tout du passé et de l'avenir ! Ne veux-tu pas connaître ton destin ?

— Eddie ! Je vous ordonne de vous taire ! gronda Orwell, de plus en plus menaçant.

Reprenant sa voix normale, Eddie jura :

— Je dirai la vérité. Toute la vérité. Rien que la vérité. J'accomplis ma mission. Je dois retrouver Albert. Je dois faire parler Sébastien.

Orwell s'était rapproché de lui. À présent, il le secouait. Derrière, les deux garçons s'agitaient :

— C'est quoi, ces embrouilles ?

— Pourquoi il doit trouver Albert ?

Orwell revint vers eux, les bras écartés comme une maman poule qui ouvre les ailes pour rassembler ses poussins.

— Sacré Eddie ! Est-il drôle en sorcière ! s'exclama Orwell en obligeant ses lèvres à faire un grand sourire.

Un horrible grand sourire.

— Il a parlé d'Albert, dit Majid d'un ton accusateur.

— Mais non, pas Albert, corrigea Orwell. Amer. Il l'a trouvé amer.

— Quoi ? demanda Samir.

— Quoi ? répéta Orwell. Eh bien, le vin. Il a trouvé le vin amer. Eddie est un excellent guide et il est vraiment très drôle en sorcière, mais il boit. Voilà. Je ne voulais pas vous le dire mais c'est la triste vérité. Il boit.

— La vérité ! brailla Eddie.

Le regard de Majid tomba brusquement sur le cadran de sa montre. Une vague de panique l'engloutit. Il était impossible qu'il se soit écoulé autant de temps depuis leur entrée dans le Mondiamax.

— Où ils sont, Sébastien et Aïcha ?

La réponse sortit spontanément de la bouche d'Eddie.

— Sébastien et Aïcha ont pris la fuite. J'ai échoué. C'est la vérité.

Orwell se tourna vers lui avec fureur.

— Taisez-vous, ivrogne !

— Il faut dire la vérité... sinon la spirale va revenir.

Orwell parut sur le point de se ruer sur lui avec des intentions criminelles. Mais il jugea plus urgent de rassurer les enfants.

— Laissez-nous sortir !

— Où ils sont ? Aïcha ! Sébastien !

Orwell comprit qu'il allait être très difficile de les rassurer. D'ailleurs, ce n'était pas un rôle pour lui. Cela faisait des années qu'il semait l'inquiétude partout où il passait.

Il regarda les deux mômes courir entre les fauteuils vers le rectangle vert où brillait dans la pénombre le mot SORTIE.

— C'est bouclé, leur lança-t-il. Il y a une serrure électronique.

Il les laissa tambouriner pendant un moment contre la lourde porte capitonnée.

— Ouvrez ! Ouvrez ! On veut sortir !

Orwell se composa une mimique désolée.

— Mais… vous avez gagné un week-end complet à Mondioland. Est-ce que vous vous ennuyez déjà ? La visite n'est pas terminée.

Il laissa s'écouler une poignée de secondes, feignant de réfléchir.

— À moins que je ne vous propose une petite excursion ? Gruyères, vous connaissez ?

À une vingtaine de kilomètres de là, près de la charmante ville de Gruyères, il y avait le bâtiment le mieux défendu du monde, le blockhaus de la Mondial Company. Au cœur du blockhaus se trouvait une petite pièce de béton qui ne figurait sur aucun plan, une salle de réunion secrète truffée de caméras, de micros et de détecteurs.

Sécurité. Tel était le sujet de la réunion qui se tenait ce jour-là. Car, dans le bâtiment le mieux défendu du monde, la sécurité n'était plus assurée.

Monsieur William présidait. Ceux qui ne le connaissaient que sous son jour habituel de bouffon cruel et capricieux auraient été étonnés de le voir à cet instant : nerveux, inquiet. En l'absence d'Orwell, monsieur William n'était pas le même. Or, le temps passait et Orwell n'arrivait toujours pas.

Monsieur William observait son nouveau chef de la sécurité, Calvin Muller. Fils du plus grand fabricant de coffres-forts suisse, Muller avait travaillé pendant deux ans pour le Pentagone. Cet homme-là savait ce qu'était un système de surveillance. Pourtant, il bégayait, cherchant en vain à minimiser la gravité de la situation.

— Des progrès ont été accomplis, dit-il. Nous avons encore eu à subir récemment quelques incidents difficilement explicables, mais je pense que nous sommes sur la bonne voie. Le système sera bientôt sous contrôle à cent pour cent. Et, déjà, je puis affirmer que la sécurité du siège est des plus satisfaisantes.

Cette fois, monsieur William explosa.

— Satisfaisante ! hurla-t-il. Vous savez ce que ça signifie, ALIAS ? Artificial Logical Intelligence for Absolute Security. La sécurité absolue, Muller ! J'ai englouti une fortune dans ce système ! J'exige la sécurité absolue !

Calvin Muller sortit un mouchoir de sa poche et tapota sa lèvre supérieure humide de transpiration.

— Le système ALIAS est le plus performant qui existe sur cette planète. Mais, justement, il est... heu... très complexe, bredouilla-t-il. Et j'ai le regret de vous dire que mon prédécesseur, monsieur Giraud, ne le maîtrisait pas complètement.

Monsieur William jeta un coup d'œil sur sa montre. Une montre énorme au boîtier rose, sur le cadran de laquelle on voyait une Mondina soulever sa jupe de façon coquine.

Mais que faisait donc Orwell ?

Orwell n'était pas loin, à deux cents mètres à peine de la salle de réunion secrète. Quelques instants auparavant, il avait pénétré dans le sas n° 8 du blockhaus, en compagnie de Samir et de Majid. Deux gardiens réquisitionnés à Mondioland escortaient les enfants : précaution on ne peut plus utile pour maîtriser ces deux petits enragés. Badach et Ben Azet avaient braillé pendant tout le trajet.

— Où on est ?

— Qu'est-ce que vous allez faire de nous ?

Les deux gamins examinaient ce qui les entourait avec stupeur.

— Pourquoi ils ont tous des flingues ? demanda Majid.

Au siège de la MC, impossible de faire dix pas sans tomber sur un garde armé. Depuis qu'ALIAS donnait des signes de défaillance, tous les postes avaient été doublés.

Orwell adressa un signe d'excuse à ses hôtes forcés.

— Je dois vous quitter. Une réunion. Nous nous reverrons plus tard.

Le vigile posté à la sortie du sas n° 8 restait tourné vers Orwell, l'air embarrassé.

— Eh bien, qu'est-ce que vous attendez pour m'ouvrir ?

— Je suis désolé, monsieur. La porte ne se débloque pas.

— Insistez !

Le vigile pointa vers la serrure son passe électronique.

— Cela s'est déjà produit, expliqua-t-il. Nous avons de plus en plus de problèmes avec la sécurité, monsieur. Voilà, je crois que ça y est.

Il y eut un déclic annonçant l'ouverture de la porte. Mais, aussitôt après, une sirène retentit.

— C'est la quatrième alerte de la journée, monsieur, dit le garde.

— Éteignez-moi ça ! hurla Orwell.

— Tout de suite, monsieur.

L'homme se précipita vers un tableau lumineux. Il enfonça trois boutons sans succès.

— Je suis obligé de couper tout le secteur, annonça-t-il.

— Eh bien, coupez !

— La zone 43 ne sera plus sous la protection d'ALIAS, monsieur.

— Je m'en moque. Coupez !

Le vigile abaissa une manette. La sirène se tut.

— Nous avons une minute trente pour quitter la zone 43, monsieur.

— Quoi ?

— Le secteur va être isolé. Si nous restons, nous sommes bouclés. La procédure de désenclavement peut prendre plusieurs heures.

— Saloperie de système !

Samir et Majid échangèrent un regard complice, tentés de faire de la résistance. Mais les hommes qui entouraient Orwell avaient sorti leurs armes. Avec un bel ensemble, ils engagèrent une balle dans le canon. Telles étaient les instructions en cas de mise hors service temporaire d'ALIAS. Samir et Majid oublièrent leurs velléités de rébellion.

— Allez ! Vite !

Ils s'engouffrèrent dans le sinistre couloir baigné de lumière orange qui succédait au sas n° 8. À l'autre bout, la grille noire était levée.

— L'escalier ! indiqua le vigile. Les ascenseurs de la 43 sont HS.

Bousculés par des coudes et des crosses, Majid et Samir montèrent les marches au pas de course. Derrière eux, les bottes des gardes faisaient résonner la cage de béton.

Orwell déboucha le dernier dans la salle d'accueil ouest. Elle était déserte. La procédure d'évacuation avait chassé hôtesses et employés. Au plafond, un détecteur flasha. Trois buses pareilles à des becs d'oiseau jaillirent d'une trappe. Dans un bruit de cataracte, elles noyèrent le centre de la pièce sous une montagne mousseuse.

Quand il se fut extrait de son bain forcé, Orwell attrapa le vigile par la manche trempée de sa veste.

— Pouvez-vous m'expliquer ? hurla-t-il.

— Non, monsieur. L'alarme incendie s'est déclenchée. Mais je crois que c'est impossible, monsieur. D'abord, il n'y a pas d'incendie. Puis la zone 43 est déconnectée. On dirait qu'ALIAS peut opérer même quand une zone n'est plus sous son contrôle. Je dirai que c'est un incident majeur, monsieur.

— Oui, souffla Orwell. Moi aussi.

Il brossa ses vêtements couverts de neige carbonique. Son regard tomba sur Majid et Samir, serrés l'un contre l'autre, pétrifiés par la terreur.

— Qu'on s'occupe d'eux ! cria-t-il. Donnez-leur… un chocolat chaud.

Tout bas, il grommela :

— À moins qu'ALIAS ne contrôle aussi le distributeur de boissons.

Orwell ne prit pas le temps de se changer. Dégoulinant de la tête aux pieds, les cheveux blanchis par un reste de mousse, il pénétra dans la salle de réunion et alla s'asseoir face à monsieur William. Le gros homme le contempla de ses yeux de poisson collé à la paroi du bocal.

— Est-ce qu'il pleut, Orwell ?

— Vous voudrez bien excuser ce retard, monsieur William. Puis-je savoir où vous en étiez ?

— Monsieur Muller nous parlait des défaillances du système ALIAS.

Calvin Muller était blême. Il triait des feuilles de papier pour tenter de masquer que ses mains tremblaient.

— La zone 43 est coupée, lui annonça Orwell. Une alarme s'est déclenchée sans raison. Puis les buses anti-feu se sont mises en action alors que le secteur était isolé. Je pense que nous allons devoir rebaptiser le système. Artificial Logical Intelligence ne convient plus. Oh ! une toute petite modification. Il va falloir remplacer Artificial par Autonom. ALIAS n'en fait qu'à sa tête. ALIAS n'obéit plus.

— Admettez-le ! piailla monsieur William. Admettez que vous avez perdu le contrôle du système ! L'ennemi est dans la place ! Nous sommes à sa merci !

— On ne peut pas dire ça, balbutia Muller.

La peur du chef de la sécurité était palpable. Rares étaient ceux qui n'éprouvaient pas un tel sentiment face aux colères de monsieur William. Mais, en l'observant, Orwell ne tarda pas à comprendre que Muller ne craignait pas la fureur du gros homme. Muller était terrifié par la situation à laquelle il devait faire face. Muller était terrifié par ALIAS.

— Nous voulons la vérité, dit calmement Orwell. Monsieur Muller, que se passe-t-il exactement ?

— Je… je ne sais pas, avoua enfin Muller. Chaque fois que nous croyons avoir résolu un problème, un autre surgit. C'est très étrange. On a l'impression qu'ALIAS joue avec nous, qu'il nous nargue.

— Est-il oui ou non manipulé de l'extérieur ? insista Orwell.

Muller haussa les épaules.

— Par qui ? Et comment cela serait-il possible ? J'y ai pensé, bien sûr. Je ne vois qu'une seule hypothèse : Giraud. Peut-être a-t-il conservé quelques clés secrètes, qui lui permettent d'intervenir à distance. Mais je vous rappelle que les incidents ont commencé avant qu'il ne quitte ses fonctions. Il avait lui-même du mal à maîtriser le système qu'il avait créé.

— C'est un complot ! brailla monsieur William. On nous attaque de toutes parts ! Des rumeurs malveillantes sur la MC déferlent sans cesse sur l'internet ! On veut nous abattre !

Orwell ignora l'intervention.

— Monsieur Muller, dit-il, je vous donne quinze jours pour mettre au point un système de sécurité 100 % efficace, 100 % inviolable, 100 % contrôlable.

« Et quand ce sera terminé, mon bonhomme, songea Orwell, je te ferai murer avec ton secret quelque part tout au fond du blockhaus. Comme au bon vieux temps des Pharaons. »

Mais, pour maîtriser tout à fait la situation, il lui fallait aussi remettre la main sur Albert. Et, pour remettre la main sur Albert, il lui fallait retrouver ce môme qui se cachait dans Mondioland. Comment s'appelait-il, déjà ?

CHAPITRE VII

SÉBASTIEN

Avant de dévaler l'intestin toboggan, Sébastien et Aïcha s'étaient mis d'accord sur la stratégie à suivre. Dès que le corps humain les eut expulsés dans un bruit répugnant, ils filèrent vers la boutique Mondiocado la plus proche.

Ils achetèrent deux chapeaux prout, une moustache Mister C et une paire de lunettes roses Mondina. Ainsi affublés, ils prirent la direction de la sortie.

— On ne court pas, dit Sébastien en retenant Aïcha par le bras. Si on se met à foncer, ils vont nous repérer tout de suite. Et attention aux Mondoudou et aux Mondada !

Aïcha acquiesça.

— Ça, c'est la tuile, pesta Sébastien.

Il venait de comprendre qu'il était impossible de gagner la sortie sans traverser Vidéoland et son labyrinthe de miroirs et d'écrans. Partout autour d'eux, de toutes les sortes, toutes les dimensions, de face ou de profil, à plat ou en relief, en noir et blanc ou en couleurs, s'affichaient des Sébastien et des Aïcha.

— Enfonce bien le chapeau et baisse la tête, dit-il sans desserrer les mâchoires.

En vérité, leur image avait été enregistrée et transmise bien avant, quand ils étaient entrés dans la boutique Mondiocado. Depuis cet instant, quatre Mondoudou, trois Mondichette et un Mondada convergeaient vers Vidéoland.

Quand ils arrivèrent à Consumerland, Aïcha et Sébastien se crurent en sécurité. Le décor leur rappelait le Mondiorama des Quatre-Cents. En vingt fois plus grand. Sur les rayons, les boîtes de Chocos MC mesuraient un mètre cinquante et les bouteilles de Mondial Cola contenaient douze litres.

— Là ! Regarde !

Aïcha avait aperçu la crinière bleue d'un Mondada. La ridicule créature pelucheuse se trouvait à l'autre bout de l'interminable allée bordée de produits MC. Pour lui échapper, les enfants tournèrent après une pile de Mondiocrocks au surimi. Devant eux s'alignaient des douzaines de chariots électriques.

— On grimpe ! décida Sébastien.

Ils montèrent dans l'un des Caddie motorisés et filèrent le long d'une muraille de petits pots Monbaby. Mauvaise pioche. Au premier croisement surgirent un Mondada et un Mondoudou. Tous deux tendirent leurs pattes velues pour cueillir leurs proies.

— Seb ! Tourne ! s'écria Aïcha.

À gauche comme à droite, les pots géants de confiture Mondofruits et de miel Mondabeille formaient d'immenses pyramides. Le Caddie tourna vers la droite.

Bien sûr, les rayons étaient protégés. Par des cordons rouges, comme dans les musées. D'un même réflexe, Aïcha et Sébastien soulevèrent le cordon au moment où le chariot franchissait la fragile barrière.

La suite fut terriblement sucrée.

Pots et bocaux dégringolèrent dans un épouvantable vacarme. Sébastien reçut un kilo de gelée de pomme sur son chapeau prout et faillit tourner de l'œil. Aïcha s'en tira avec un pot en carton de miel toutes fleurs sur l'épaule. Près d'eux, Mondoudou et Mondada étaient quasi ensevelis. Quand les créatures pelucheuses s'extirpèrent de la bouillie gluante qui leur dégoulinait de la crête aux pattes, une sirène retentissait et la foule accourait de tous les rayons de Consumerland.

Les intentions belliqueuses de Mondoudou et Mondada furent étouffées par ce remue-ménage. Sébastien et Aïcha filèrent sur la longue allée en laissant derrière eux des empreintes visqueuses.

— On fonce ! décida Sébastien en balançant chapeau prout et moustache postiche.

— Et après ? haleta Aïcha. Où on va ?

Sébastien ne répondit pas. Il voyait les arches monumentales qui marquaient le terme de Mondioland et, pour l'instant, cela lui suffisait.

Trois gardiens les attendaient devant les portillons.

— Un tampon ? demanda l'un d'eux.

— Hein ? Quoi ? fit Sébastien, prêt à hurler, à frapper.

— Je te mets un coup de tampon sur la main, sinon tu pourras plus revenir aujourd'hui, expliqua l'homme avec le lent débit du parler suisse.

— Non, ça va. On revient pas.

Ils étaient libres. De l'autre côté d'une haute et interminable barrière blanche, la file des visiteurs qui attendaient leur tour de passer aux guichets de l'entrée s'étirait sur plus de cent mètres.

— Seb ! Seb !

Sébastien refusa de se retourner. Il voulait s'éloigner, mettre entre Mondioland et lui la plus grande distance possible.

Mais Aïcha insistait, tirant sur sa manche maculée de confiture.

— Seb ! Attends ! Regarde, mais regarde !

Sébastien consentit enfin à s'arrêter. Aïcha ouvrait des yeux ahuris. Elle tendit le bras, lui désignant quelque chose, là-bas, près d'un portique de l'entrée principale.

— On dirait…

Aïcha n'eut pas besoin d'achever. Sébastien avait vu, lui aussi. Dans la longue file d'attente, une silhouette familière. Improbable. Impossible.

— Jean-Hugues !

Mais pas question de faire machine arrière. Pas question de mettre à nouveau les pieds dans le parc. Il fallait fuir.

— Où ? Où est-ce qu'on va ? Seb, je veux rentrer chez moi !

Ils arrivaient au parking : une mer d'autos à perte de vue, Volvo, Peugeot, Fiat, Renault, Toyota. Les gens les regardaient. Ils devaient faire peur avec leur figure barbouillée de confiture et leurs vêtements couverts de traînées multicolores.

— Je le crois pas.

Sébastien s'était arrêté net.

— Ce serait trop beau.

— Qui t'as vu ? demanda Aïcha, pleine d'espoir. Majid ?

— Là. Tu vois pas ? Ce grand truc blanc. C'est un Amical 5.

Il émergeait au-dessus des toits, comme un bateau posé à l'envers sur des vagues de tôle.

— Un quoi ?

— Un camping-car. Le même que celui de mes parents.

Ils avancèrent, d'abord avec hésitation, puis de plus en plus vite. Un Amical 5, ça se repérait. Et surtout, ça ne courait pas les rues. Le cœur battant, Sébastien scrutait la plaque minéralogique. 2… 3… 4…

— C'est lui ! hurla-t-il. C'est lui.

Il se rua sur l'imposant véhicule. La portière était bouclée. Sébastien se mit à tambouriner contre son flanc.

— Ouvrez ! C'est nous ! Sébastien et Aïcha ! Ouvrez !

Quelques secondes s'écoulèrent, puis ils entendirent du bruit à l'intérieur de l'Amical 5. La portière blanche s'ouvrit.

Alors, Sébastien vit apparaître la plus belle femme qu'il eût jamais vue. Une blonde aux formes généreuses et au regard limpide, une créature de rêve en short et débardeur.

Sébastien songea que ç'aurait pu être pire, qu'il aurait pu mourir en regardant quelque chose de moche.

Car la superbe créature braquait sur lui un engin de mort. Et l'expression qui s'était peinte sur son visage ne pouvait tromper. Elle s'apprêtait à s'en servir.

CHAPITRE VIII

INVESTIGATOR

Orwell n'avait pas perdu une seconde. Avant même de quitter Mondioland, il était entré en contact avec Constantin Lupescu, le responsable du système Investigator. Il lui avait livré deux noms, les noms arrachés aux enfants pendant la séance du Mondiamax : Jean-Hugues de Molenne et Nadia Martin. Avec une seule et simple consigne : « Je veux tout savoir. »

Lupescu avait eu deux heures pour faire travailler Investigator. Investigator était l'une des ramifications d'ALIAS. Investigator était une sorte de Sherlock, à la curiosité maladive.

Orwell avait dit : tout. Et il commençait à le regretter en voyant déferler les informations. Elles défilaient à une rapidité vertigineuse sur les cinq écrans alignés face à lui, puis sortaient à une cadence infernale des imprimantes.

Orwell attrapa une feuille au hasard. Elle concernait les championnats scolaires de Paris 1992. 60 mètres plat. 1re : Nadia Martin.

— Passionnant.

Il se tourna vers Lupescu.

— Constantin, triez-moi tout ça. Je veux une synthèse dans un quart d'heure.

— Vous souhaitiez tout savoir, monsieur Orwell, répondit Lupescu en s'autorisant un sourire ironique.

— C'est surtout Molenne qui m'intéresse. Qui est ce type ? Comment dépense-t-il son argent ? Se drogue-t-il ? A-t-il une maîtresse ?

Lupescu fit signe qu'il avait compris.

Un quart d'heure plus tard, au bout d'un couloir du deuxième sous-sol, il frappait à la porte du bureau 000.

— Je vous écoute, dit Orwell.

Lupescu se mit à lire d'une voix neutre la note qu'il avait préparée.

— Molenne vit avec sa mère dans un F4 de banlieue. Il est prof de français en ZEP, dans un collège réputé difficile. Nadia Martin enseigne dans le même établissement une discipline que les Français appellent sciences de la vie et de la Terre.

— Martin est sa maîtresse ? devina Orwell.

— Je n'ai rien là-dessus. Ils ne se connaissent pas depuis très longtemps.

Orwell tendit la main pour saisir les deux fiches que lui présentait Constantin Lupescu. Chaque fiche portait dans un coin la reproduction d'une photo d'identité. Orwell prit une loupe pour examiner les clichés de mauvaise qualité.

— Des gens très ordinaires, dirait-on.

— La fille n'est pas vilaine, estima Lupescu.

Orwell acquiesça.

— Qu'avez-vous trouvé de révélateur sur Molenne ? A-t-il eu des ennuis avec la justice ?

— Il a été arrêté en mars 1999 à l'issue d'une manifestation de l'association Droit au Logement.

Orwell sourit.

— Je vois. Un pacifiste. Un antimondialiste. Ce sont nos pires ennemis... Pas de marottes, de vices ?

— Je pense qu'il s'agit d'une personnalité plutôt terne. Il n'a pas quitté la cité des Quatre-Cents au cours des six derniers mois. L'étude de ses cent cinquante dernières opérations bancaires ne révèle pas grand-chose. Il achète des livres et des jeux vidéo. Sa mère est une cliente régulière du Mondiorama. Beaucoup de volailles, toujours du Label Rouge.

Orwell lui fit signe d'abréger.

Constantin Lupescu ouvrit son classeur et posa sur le bureau d'Orwell une série de documents.

— Voici le détail des médicaments prescrits depuis dix mois avec la carte Vitale. Des calmants, des pansements gastriques... Molenne est un anxieux.

Il désigna une liasse épaisse.

— Vous avez la liste de tous ses correspondants réguliers sur l'internet, ses sites préférés... ainsi que le texte des cinquante derniers e-mails... Ça, ce sont les cent dernières dépenses par carte bleue.

Orwell feuilleta les messages échangés par courrier électronique. Molenne bêtifiait en compagnie de ses élèves. Orwell fronça les sourcils. Il venait de comprendre que dans ces échanges de propos puérils il était question d'un jeu nommé Golem !

— Très intéressant. Merci, Constantin. Bon travail.

Son regard tomba soudain sur le listing des achats réglés par carte bancaire. Orwell poussa un juron.

— Et ça ? Vous avez ça sous le nez et vous ne voyez rien !

Lupescu s'approcha, intrigué. Sur la longue feuille, première ligne, à la date du jour, était mentionnée la toute dernière opération effectuée par Jean-Hugues de Molenne.

15 h 53 – Mondioland – 40 FS.

Jean-Hugues arpentait la MC Way en scrutant ce qui l'entourait d'un œil désespéré. Combien y avait-il d'enfants dans ce parc ? Cinq mille ? Dix mille ? Éparpillés dans six pays imaginaires, Gruyèreland, Vidéoland, Futureland... il ne savait par où commencer.

Majid et Samir étaient tombés dans un piège, il en avait la conviction depuis le début. Mais rien ne prouvait qu'on les avait conduits à Mondioland. Peut-être étaient-ils à cent, à mille kilomètres de là. Peut-être...

Il se secoua. Mais non, il délirait. Le concours avait été organisé au grand jour. Tout le monde savait que Mondiorama avait envoyé quatre enfants au parc de Mondioland.

Ils vont bien être obligés de les rendre.

Jean-Hugues se répéta cette phrase jusqu'à se sentir rassuré. Et, au moment où ça commençait à marcher, au moment où son cœur commençait à se calmer, une autre phrase vint déloger la première dans sa tête.

Ils peuvent dire qu'il y a eu un accident.

Jean-Hugues fit un gros effort pour se moquer de lui-même. Trop d'imagination, comme toujours.

Pourquoi feraient-ils une chose pareille ?

Albert et lui avaient eu l'occasion d'évoquer la question pendant l'interminable trajet en camping-car.

— Les enfants sont des appâts, lui avait dit Albert.

— Pour attraper qui ?

— Devine !

« Eh bien voilà, songea Jean-Hugues. J'ai mordu à l'appât. » Quand Mondada et Mondoudou l'encadrèrent, il ne fut donc pas surpris.

— Qu'est-ce que… mais lâchez-moi !

Ils étaient grands et bizarres, ils étaient poilus et sentaient la naphtaline. Mondada le tenait grâce à une espèce de sabot qui s'ouvrait comme une pince de homard. Mondoudou lui avait discrètement passé autour du cou une longue queue soyeuse. Ni l'un ni l'autre ne semblaient se préoccuper de lui. Ils regardaient quelque chose, dans la large paume ouverte de Mondoudou.

— Okay, c'est bien lui, dit une voix étouffée par le rembourrage du déguisement.

Jean-Hugues eut tout juste le temps d'apercevoir ce qui les avait renseignés : la reproduction agrandie d'une vieille photo d'identité, une de ces photos où on a une tête d'assassin.

— Tu nous suis sans crier, ordonna Mondoudou. Sinon, je serre la queue.

Jean-Hugues fit signe qu'il avait compris.

Si on lui avait dit qu'on pouvait enlever quelqu'un dans un parc d'attractions au milieu de dix mille personnes, il ne l'aurait pas cru. Pourtant, il était en train de constater que rien n'était plus facile. Mondoudou aurait pu lui arracher les yeux et Mondada lui couper les bras. Les gens auraient ri et applaudi. À Mondioland, tout était spectacle.

Le trajet fut bref. Avec sa cagoule noire sur la tête, Jean-Hugues n'eut pas le loisir d'admirer le paysage. Mais il devinait sans peine où on l'emmenait. Au siège de la MC.

Jean-Hugues savait par Albert qu'il y avait une entrée officielle, avec parking et enseignes clignotantes, hall d'accueil, sourires et plantes vertes. C'était, comme on le dit pour les icebergs, la partie émergée de la MC. Et, comme pour les icebergs, la partie immergée était de loin la plus importante. Toujours d'après Albert, le bunker comprenait trois étages entièrement souterrains, enterrés dans le roc. Des centaines de bureaux, des kilomètres de couloirs, des hectares d'entrepôts…

Jean-Hugues n'en doutait pas : il se trouvait quelque part dans cet immense domaine secret que jamais n'éclairait la lumière du jour. Quand on lui ôta sa cagoule, il put même préciser où avec exactitude : devant le bureau 000.

La porte s'ouvrit et Jean-Hugues fit la connaissance d'Orwell.

Jean-Hugues s'était préparé à une confrontation brutale. C'est tout juste si Orwell lui adressa un regard. Assis derrière son bureau, il écrivait une lettre.

— On ne va pas perdre de temps, dit-il tout en se relisant. Molenne, vous êtes un homme raisonnable, je pense.

Il poussa un bouton sur une télécommande. Face à lui, sur un écran du système de vidéosurveillance, apparut l'image d'une petite pièce anonyme. Jean-Hugues poussa une exclamation. Au centre, debout, bras ballants, se tenaient Majid et Samir.

— Où sont les deux autres ? demanda-t-il d'une voix blanche. Sébastien ? Aïcha ?

— Je n'ai rien contre ces enfants, dit Orwell. Ni contre vous, d'ailleurs. Je pense que vous avez été mêlés par hasard à une affaire qui ne vous concerne pas.

— Ces méthodes sont inqualifiables ! La MC est…

Orwell leva une main en signe de protestation.

— On se fait des idées fausses, Molenne. La société que je représente n'est pas le monstre inhumain que certains se plaisent à décrire.

— Ça va, coupa Jean-Hugues. Pas de discours. Qu'est-ce que vous voulez ?

— L'emplacement du camping-car. Un Amical 5, si mes renseignements sont bons.

La stupeur empêcha Jean-Hugues de réagir pendant une longue minute.

— Nous ne sommes pas inhumains mais nous sommes déterminés, précisa Orwell. Je vous le dis très franchement : monsieur William souhaite…

Orwell laissa passer un temps avant de s'informer sur un ton doucereux :

— Vous avez déjà entendu parler de monsieur William ?

Jean-Hugues cligna les yeux et Orwell reprit :

— Monsieur William souhaite avoir un entretien avec un de nos anciens employés que vous connaissez sous le nom d'Albert. La MC souhaite également rentrer en possession d'un appareil expérimental. Cet ordinateur est pour nous d'une grande importance. Si vous l'ignorez, je précise qu'il nous a été volé.

Jean-Hugues sentit son estomac se tordre.

Natacha !

Avec un vague sentiment de honte, il dut s'avouer que l'idée de livrer Albert lui coûtait moins que la perspective de rendre l'ordinateur.

— Je... je ne sais pas de quoi vous voulez parler, bredouilla-t-il.

Mais la réplique arrivait si tard que c'en était ridicule.

— Regardez-les bien, dit Orwell en désignant les enfants sur le petit écran. Regardez...

Plop ! L'écran s'éteignit comme si l'ignoble personnage avait fait disparaître les enfants eux-mêmes.

— Tout le monde sait qu'ils sont partis à Mondioland ! s'écria Jean-Hugues. Il vous faudra bien rendre des comptes !

Orwell hocha la tête d'un air ennuyé.

— Nous serons tenus pour responsables, j'en suis bien conscient.

— Rallumez cet écran ! Je veux les voir ! s'affola Jean-Hugues. Vous ne pouvez pas, vous ne pouvez pas... Jamais la MC ne survivrait à un tel scandale !

— Un accident, Molenne. Un hélicoptère qui s'écrase. Je vous assure que nul ne décèlerait sur ces petits corps carbonisés la moindre trace de torture.

Ils peuvent dire qu'il y a eu un accident. C'était précisément ce que Jean-Hugues avait pensé quelques minutes auparavant.

— Vous êtes fou ! C'est impossible !

Orwell feignit de réfléchir.

— Impossible ? Hmm... non. Mais fâcheux, je vous l'accorde. Cela nous coûterait extrêmement cher. L'hélicoptère... ça vaut une fortune, ça, un hélicoptère...

et il nous faudrait verser des indemnités aux familles. Enfin, les assurances sont là pour payer. Les parents des enfants toucheraient une belle petite somme.

— Où sont les deux autres ? Sébastien et Aïcha ?

Orwell leva les bras au ciel.

— Mon cher ami, je prie avec vous pour qu'ils ne soient pas déjà dans l'hélicoptère. Mais dépêchez-vous.

— Je veux voir les enfants, s'obstina Jean-Hugues. Je ne parlerai pas tant qu'ils ne seront pas à côté de moi.

Orwell sourit. Il savait qu'il avait gagné : quand quelqu'un commence à poser ses conditions, c'est comme s'il admettait sa défaite. Aucun doute, Molenne allait lui livrer Albert.

CHAPITRE IX

LARA ET LES COW-BOYS

— Ouvrez, c'est nous ! Sébastien et Aïcha ! Ouvrez !

À l'intérieur du camping-car, Albert et Nadia se regardèrent, incrédules. Jean-Hugues venait juste de partir et il avait déjà retrouvé les enfants ?

Natacha fut la plus rapide. Elle se précipita vers la porte et l'ouvrit. Elle braqua son dégom-laser sur Sébastien. Un regard lui suffit pour voir qu'il portait le t-shirt *Life is MC*. Elle devait donc le détruire. *Pwijj*.

— Non ! hurla Nadia.

Sébastien s'effondra. Le mortel rayon l'avait frappé en plein cœur.

— La gourde ! La gourde ! cria Albert.

Il fallait s'emparer d'une des trousses de soin qui pendaient à la ceinture de Natacha. Nerveuse comme un fauve à l'affût, la golémette se retourna vers Albert et Nadia, les menaçant de son dégom-laser. Dans l'évier de la cuisine, il y avait une petite casserole pleine d'eau sale. Nadia s'en empara.

— Soigne le petit, ordonna-t-elle. Ou ze te tue.

À bout de bras, elle montrait l'eau, prête à la balancer.

— Pas l'eau, fit Natacha de sa voix de robot. Pas l'eau, pas l'eau.

La situation la déboussolait. Elle se trouvait placée devant une alternative : ou elle redonnait la vie à MC et elle ne perdait pas la sienne, ou elle laissait mourir MC et elle-même mourait.

— Ma mission, c'est de détruire MC.

— Mais ce n'est pas la MC, ça, c'est un enfant ! trépigna Nadia.

— Un petit d'homme, ajouta Albert, la voix suppliante.

Sébastien, à terre, hurlait de douleur. La plaie s'ouvrait juste au niveau du cœur.

— Dépêche-toi, ordonna Nadia, ou ze te fais diszoncter !

Elle agitait la casserole, faisant clapoter l'eau.

— Sébastien est ton allié. C'est un petit d'homme, martelait Albert. C'est un ami de Jean-Hugues, putain, tu comprends ce qu'on te dit ?

— Ma mission, ma mission, c'est…

Natacha se tut. Ce qui lui tenait lieu de cerveau semblait hors circuit. Mais, contre toute attente, elle replaça le dégom-laser dans son dos et détacha une de ses gourdes. D'une voix presque naturelle, elle annonça :

— Ma mission, c'est de soigner petit d'homme.

Sébastien était sur le point d'expirer. La douleur lui avait fait perdre connaissance. Debout devant lui, muette d'horreur, la petite Aïcha pleurait. Elle eut un sursaut de frayeur en voyant s'avancer la golémette.

— Non, gémit-elle en se protégeant le cœur avec les mains.

Sans le savoir, elle cachait le sigle MC de son t-shirt et ce fut sans doute une bonne chose pour elle. Natacha ne lui prêta aucune attention. Elle se pencha au-dessus de Sébastien et renversa la gourde à l'endroit de la blessure. Quelques grains de lumière scintillèrent à la sortie du goulot. Sébastien gémit, porta la main à son front, rouvrit les yeux et hurla d'effroi :

— Attention, elle est armée !

Nadia s'interposa :

— On est là, Sébastien. Il n'y a plus de danzer. Relève-toi. Tu te sens bien ?

Toute trace de blessure avait disparu et le garçon se redressa.

Nadia crut que tout le monde allait se réfugier dans le camping-car et s'expliquer. Elle se retourna et poussa un cri de surprise. Albert descendait du véhicule, tenant la casserole d'eau à la main. Le cri alerta la golémette.

— C'est malin, ragea Albert.

Il avait eu l'intention d'arroser Natacha tandis qu'elle lui tournait le dos. À présent, tous deux s'observaient, les yeux dans les yeux. C'était à qui dégainerait le plus vite. Natacha serrait la courroie de son dégom-laser. Elle n'avait plus l'arme au poing, prête à l'emploi. Albert avait donc un petit avantage. Mais s'il la ratait, il savait ce qui l'attendait.

— On... on fait la paix, plaida Nadia, la voix tremblante. On est des alliés.

— Alias est mon maître et Caliméro est mon allié, récita Natacha.

Elle avait l'air un peu absent. C'était peut-être le moment de s'en débarrasser. Albert tenta sa chance et lui lança une giclée d'eau. Mais la golémette fit un bond de côté d'une soudaineté incroyable.

— Essaie encore une fois, dit-elle de sa voix robotisée.

Albert jeta un coup d'œil à sa casserole. Elle était presque vide. Sans y croire beaucoup, il visa une seconde fois Natacha. Et la rata.

— *Game over*, annonça-t-elle.

Mais, une fois de plus, elle n'eut pas la réaction attendue. Au lieu de dégommer Albert, elle tourna les talons et prit la fuite au milieu des voitures.

— Non ! s'écria Nadia. Reviens, Natacha, reviens !

Un tel danger lâché dans la nature, ce n'était pas possible ! Nadia s'élança à sa poursuite, Albert emboîta le pas à Nadia, tous deux s'époumonant : « Reviens, reviens ! » Sur le parking, les gens se retournaient pour les regarder passer.

— C'est Lara Croft ! s'enthousiasma un papa. Vas-y, Lara !

— Mais non, corrigea son fils, Lara Croft, elle est brune.

Natacha laissait derrière elle un sillage de rêves et de fantasmes. Elle ne tarda pas à laisser aussi Albert, totalement hors d'haleine.

— Nadia, arrête, reviens !

Il souffla, plié en deux par un point de côté. Mais Nadia Martin, l'ex-championne d'Ile-de-France, n'avait pas ralenti sa course. Elle s'accrochait à Natacha dont la foulée était d'une régularité mécanique. Toutes deux avaient quitté le parking, abandonné la route et pris un chemin de randonnée à travers la montagne.

« Combien de temps je vais tenir ? » s'interrogea Nadia. Natacha n'accélérait jamais, mais elle n'éprouvait sans doute aucune fatigue. Pourtant, au bout de dix minutes de grimpée, elle s'arrêta net et regarda autour d'elle. Des prés, des vaches, la montagne. Prudemment, Nadia s'approcha d'elle en murmurant : « Alliée, moi, heu, moi homme... » Mais ce qu'elle vit alors manqua lui faire pousser un cri d'horreur. Le vent avait soulevé la lourde frange d'or. Sur le front de Natacha, il y avait quelque chose de tatoué, non, pire encore : de gravé dans la chair. Le vent rabattit le rideau de cheveux sur les quatre lettres du mot EMET. Natacha étendit le bras et en parcourut l'horizon.

— Il y a des milliards de niveaux, dit-elle.

Elle se tourna vers Nadia et parut lui expliquer :

— C'est le monde réel.

— Ze suis au courant, répondit Nadia, encore haletante.

— Où est Jean-Hugues ?

— Zean-Hugues ?

— Jean-Hugues, la reprit Natacha.

— Oui, Zean-Hugues.

— Jean-Hugues. Essaie encore une fois.

Nadia soupira et fit signe qu'elle n'y arriverait pas.

— Jean-Hugues est mon allié, récita Natacha.

Puis sur un autre ton :

— Mon amour.

Nadia tressaillit :

— Ton amour ?

— Mon amour, je t'aime, récita Natacha, l'air aussi peu inspiré que possible.

— Ton amour est resté en bas, lui dit Nadia. Il faut revenir.

Natacha regarda vers la vallée :

— Revenir au premier niveau ?

Sans discuter davantage, elle fit demi-tour. Au bout de dix minutes de marche, Nadia se rendit compte que le chemin suivait une ligne de crête et ne descendait plus.

— Natacha, arrête-toi ! On a dû se tromper à un embranchement. Natacha, arrête, on est perdues…

En bas, Albert attendait et rageait de s'être laissé semer. Sébastien et Aïcha, assis sur la banquette du camping-car, se parlaient à voix basse. Ils étaient là, épaule contre épaule, main dans la main, unis par la magie du danger. À peine si Sébastien songeait qu'il était en train de trahir Majid, depuis si longtemps amoureux d'Aïcha. Albert finit par leur jeter un coup d'œil amusé. Puis il pensa à Nadia et son cœur se serra. Peut-être était-elle quelque part dans la montagne, blessée, mourante ?

— Et Machin qui ne revient pas !

Il souleva un des petits rideaux à la fenêtre du camping-car et ce qu'il vit lui fit froncer les sourcils.

— C'est quoi, ça ? murmura-t-il en cherchant machinalement son Beretta.

Sur le parking, parmi un attroupement de badauds, une douzaine de cow-boys avançaient en demi-cercle. Sous leur gilet, ils portaient le t-shirt *Life is MC*. L'un d'eux sortit son colt, fit quelques moulinets et tira en l'air, bientôt imité par les autres. Quelques spectateurs poussèrent des cris. Albert rabattit le rideau en crachant « Connerie » entre ses dents. Une attraction pour sous-développés mentaux… Il ne remarqua pas que les cow-boys encerclaient peu à peu le camping-car. Celui qui portait une étoile de shérif tira dans la portière de l'Amical 5 puis lui donna un vigoureux coup de botte. Albert bondit de la banquette et dégaina.

— Bouge pas ou t'es cuit ! fit le shérif en entrant.

Deux autres cow-boys envahirent le camping-car. Ils arrachèrent les enfants à la banquette, leur tordirent le bras dans le dos et leur placèrent le canon d'une arme sur la tempe.

— Ton flingue, ordonna le shérif à Albert.

À l'extérieur, les cow-boys faisaient une démonstration de tir et de lasso en poussant des « *yippee* » assourdissants. Albert fut contraint de s'asseoir au volant de l'Amical 5 et de quitter le parking. Le shérif, à son côté, lançait des petits « bonjour » à la fenêtre. Sébastien et Aïcha avaient dû s'allonger par terre et se laisser lier les mains dans le dos.

Le camping-car prit la direction de Gruyères. Terminus, MC.

Nadia et Natacha arrivèrent sur le parking au moment où le camping-car s'en éloignait.

— Mais ils s'en vont ! s'écria Nadia, scandalisée en voyant démarrer l'Amical 5.

Elle se mit à courir en bousculant les badauds.

— Albert ! Attends !

Une poigne brutale la retint par l'épaule. C'était Natacha.

— Danger. MC, dit-elle en désignant les cow-boys restés sur le parking.

Elle arma le dégom-laser. *Clac clac.*

— Vas-y, Lara ! s'enthousiasma un papa.

— C'est pas Lara, rectifia sa fille. Elle est blonde, celle-là.

— Danger, MC, répéta la golémette.

Un déluge de feu s'abattit sur les tueurs de la MC recyclés en cow-boys. Les spectateurs applaudirent. *Pwijj. Reload. Pwijj.* Avec des hurlements de bête, les cow-boys se cambraient et s'effondraient à tour de rôle.

— Génial ! Et un et deux et trois !

De toutes parts, les encouragements fusaient. Épouvantée, Nadia avait porté les mains à ses oreilles. Mais ce qu'elle voyait était plus horrible encore que ce qu'elle refusait d'entendre. Six corps se tordaient de souffrance.

— Arrête ! Arrête ! trépigna-t-elle. Hommes ! Hommes !

— Vas-y, vas-y ! criaient les spectateurs, ravis.

Nadia se tourna vers eux et leur hurla :

— Mais partez, bande d'abrutis ! Elle tue pour de vrai. Pour de vrai, vous comprenez ? Pour de vrai !

Quelques rires incrédules accueillirent ces paroles. Suivit un silence de quelques secondes. Puis ce fut la panique. Les cow-boys rescapés en profitèrent pour s'enfuir, vite imités par les papas et les fifilles, les papys et les mamies.

Nadia entraîna Natacha par le bras :

— Vite, il faut les soigner. Tes trousses de soin, vite !

Mais Natacha résista :

— Ce sont les méchants. Je tue les méchants.

Sur les six cow-boys, quatre avaient été touchés à la tête et gisaient, le front béant. Inconscients ou morts ? Un autre était couché sur le dos, les mains crispées sur le ventre, et remuait encore faiblement. Le dernier, paralysé par la terreur, se tenait le bras sans trouver la force de se relever. Étrangement, le sang ne s'écoulait pas des blessures. Il dessinait comme une fleur pourpre autour des chairs qui s'ouvraient.

— Natacha, ze t'en supplie, soigne-les. Hommes. Hommes.

Nadia avait compris qu'il s'agissait de tueurs de la MC. Mais leur agonie n'avait rien d'une séquence vidéo dont on s'amuse, à l'abri d'un écran. Nadia devait les sauver. Elle improvisa :

— Natacha, ce sont des hommes. Ils ont des femmes et des enfants. Ils aiment. « Mon amour, ze t'aime. » Comme Zean-Hugues.

— Ce sont les méchants, répéta Natacha.

— Oui, mais les méchants peuvent devenir zentils. Pas dans les zeux vidéo, mais dans la vie. Dans le monde réel, on est parfois méchant, parfois zentil. Tu comprends, Natacha ?

— Non.

Mais elle vacillait. Tout son monde vacillait. Alors, Nadia prit le risque de détacher une gourde à sa ceinture. Elle était légère, presque inexistante. Vite, Nadia courut jusqu'à celui qui se tordait sur le sol et versa quelques grains de lumière sur sa blessure à l'abdomen.

Immédiatement guéri, il ramassa son colt tombé à côté de lui et mit Nadia en joue. *Pwijj. Pwijj.*

Le premier trait de laser fit voler le colt en éclats, le suivant transperça l'homme d'une tempe à l'autre.

— Ce sont les méchants, redit Natacha sur le ton du constat.

Restait celui qui avait été touché au bras. Il était jeune et terrifié. Le dégom-laser lui avait ouvert les chairs de l'épaule jusqu'au coude, et l'invisible scalpel poursuivait son œuvre en longueur et en profondeur.

— Pitié, balbutia-t-il en voyant s'avancer Nadia.

— Ze peux te sauver. Mais à une condition. Ze veux savoir quels ordres on vous a donnés et qui les a donnés.

— Je sais pas grand-chose, murmura le jeune homme.

La souffrance lui permettait à peine de desserrer les dents.

— On nous a dit de prendre le contrôle du camping-car et de maîtriser ses occupants.

— Qui vous a donné cet ordre ? questionna Nadia en approchant la gourde du bras blessé.

— Monsieur William. Enfin, son larbin, Orwell.

Nadia fit mine d'hésiter à renverser la gourde au-dessus de la blessure.

— Et où emmène-t-on le camping-car ?

— Au siège de la MC. À Gruyères.

Nadia vida la gourde de soin et la plaie se referma.

— C'est incroyable, c'est…

Le jeune homme pleurait. De terreur, de soulagement.

— Il y a quelqu'un que z'aime dans ce camping-car, lui dit Nadia. Et il y a deux enfants.

— Je ne savais pas. Je vous demande pardon.

Le jeune homme pleurait. De terreur, de regret. Quand il leva les yeux, Natacha était penchée au-dessus de lui. Il lui sembla voir l'ange de la mort et de la résurrection.

— Pitié ! implora-t-il.

— Dans le monde réel, lui expliqua Natacha, on est parfois méchant, parfois gentil.

Gruyères se situait à une quinzaine de kilomètres de Mondioland. Nadia boucla à sa taille un ceinturon avec colt, se coiffa d'un chapeau de cow-boy abandonné sur le sol et fit signe à Natacha de la suivre. Tout était désert dans un rayon de cinq cents mètres. La panique avait nettoyé le parking.

Bravement, les deux filles prirent la route qui menait au siège de la MC. Nadia était si préoccupée qu'elle ne songea pas tout de suite à la solution qui s'imposait. Des voitures les doublaient et, chaque fois, le conducteur et les passagers leur jetaient des regards ahuris.

— Mais ze suis bête ! s'exclama Nadia. On va faire de l'auto-stop.

Elle s'arrêta sur le bord de la route, dans une ligne droite, et elle tourna le pouce en direction de Gruyères. Natacha se plaça à côté d'elle, jambes écartées et poings sur les hanches, dans l'attitude de la guerrière au repos. Nadia avait l'impression que, dans ces temps morts, la golémette, bien loin de se déconnecter, intégrait de nouvelles données.

Un cabriolet rouge vif freina dans un crissement de pneus et pila net à leur hauteur. Le conducteur était un homme d'une trentaine d'années au long nez de jouisseur et aux yeux rapprochés.

— Alors, les filles, c'est cool, le stop ?

Il leur fit un sourire de tombeur en enlaçant tendrement le dossier de son siège.

— On va à Gruyères, répondit Nadia en exagérant son ton de prof coincée. Si c'est sur votre route ?

— Mais bien sûr, ma chérie, répondit le séducteur. Et c'est quoi, ces tenues ?

Il lorgnait les cuisses et les seins de Natacha.

— C'est des déguisements. On les a achetés à Mondioland, répliqua Nadia en étouffant un soupir.

Le bellâtre avait ouvert sa portière et rabattu le siège du passager pour que Nadia se glisse à l'arrière. À son grand désappointement, ce fut la super-canon qui prit la place et Nadia qui s'assit à côté de lui.

— Vous avez de beaux joujoux, dit-il, faisant allusion au colt et au dégom-laser.

Il eut un rire gras.

— J'en ai un aussi. Vous voulez que je vous montre ?

— On va à Gruyères, récita Natacha.

L'homme démarra et jeta un coup d'œil dans son rétroviseur. « *Space*, la fille ! » Pour l'épater, il appuya sur le champignon.

— Moi, c'est Stéfano. Et vous ?

Il ne s'adressait en fait qu'à Natacha.

— Moi, c'est Micheline, fit Nadia, et elle, c'est Bernadette.

— Et à Gruyères, vous allez faire quoi ? reprit Stéfano sans se laisser abattre.

— Ma mission, c'est de détruire la MC, répondit Natacha.

Stéfano éclata de rire et, après un nouveau coup d'œil dans le rétro, il glissa à Nadia :

— Si c'est du silicone, c'est bien imité. Elle doit faire un bon 90, non ?

— Faites-en autant, répliqua Nadia en lui désignant le compteur.

CHAPITRE X

PETIT CONTRETEMPS

Cette fois, ça y était. Il le tenait. Pendant des mois, Albert avait nargué la MC. Mais c'était fini. FINI. Orwell avait reçu un appel sur son portable : « L'opération cow-boy est terminée. On a récupéré les gosses en prime. » Victoire sur toute la ligne. Désormais, plus rien n'allait l'arrêter. De gré ou de force, Albert lui dirait comment faire sortir les hologrammes de l'ordinateur bleu électrique. Les gosses seraient reconditionnés par hypnose et retournés à leurs parents. Jean-Hugues de Molenne finirait sa courte vie dans un ravin suisse. Tout était prévu. Restait ce petit contretemps dû au système de sécurité ALIAS, que Calvin Muller avait tout intérêt à régler rapidement.

Soudain, une lumière verte se mit à clignoter sur un vaste panneau mural où étaient représentés les labyrinthes de la MC.

— Les voilà, murmura Orwell.

La lumière clignotante figurait le camping-car et permettait de suivre sa progression. Il venait de franchir la barrière de l'entrée nord. Orwell s'imagina le parcours : les deux cents mètres de route jusqu'à la montagne et l'énorme porte s'ouvrant pour donner accès aux entrepôts et aux garages creusés à même le roc.

La lumière continuait de se déplacer. Albert devait à présent reconnaître les enfilades de bureaux paysagés où, sous la surveillance des caméras, des équipes de techniciens mettaient au point les produits MC. Il avait passé là de longs mois à concevoir et programmer Golem.

La lumière verte devint rouge. Albert pénétrait dans les appartements privés de monsieur William. Puis la lumière s'éteignit et l'on n'entendit plus qu'un léger bip-bip. Car, dans ces lieux secrets, il y avait toujours plus secret. Ceux qui travaillaient là ne remontaient jamais à la surface. Deux de ces hommes voués aux ténèbres poussèrent Albert dans la pièce où l'attendait Orwell.

— Je suis content de vous voir, ricana-t-il en se plantant devant son prisonnier. Désolé de ne pouvoir vous serrer la main...

Albert était menotté.

— Vous vous souvenez de moi ?

— Je dois vous avoir croisé quelque part, répondit Albert avec un flegme un brin forcé. C'est bien vous qui faites le ménage chez monsieur William ?

Orwell fit semblant d'être amusé.

— Ah ! dit-il en tendant l'oreille. Quand on parle du loup...

Il avait entendu le grésillement électrique du véhicule de monsieur William. Une lourde tenture s'écarta d'elle-même pour lui laisser le passage.

Albert n'avait jamais vu monsieur William et, pendant quelques secondes, la curiosité l'emporta en lui sur l'inquiétude. Le patron de la MC se déplaçait dans une sorte de youpala motorisé pour bébé de cent quarante kilos. Son visage blanc et flasque reposant sur un triple menton évoquait un flan qui s'étale dans l'assiette.

Le bel Albert fronça le nez de dégoût. Il n'allait pas se laisser impressionner par un dégénéré et son larbin. De toute façon, ce kidnapping était insensé. Jean-Hugues allait s'apercevoir de la disparition du camping-car et prévenir la police. Il fallait juste tenir le coup.

— Je ne l'ai pas entendu crier, remarqua monsieur William en désignant Albert.

— C'est normal. Nous n'avons pas commencé, répondit Orwell avec une courbette.

— C'est gentil de m'avoir attendu, fit monsieur William, la voix sucrée.

Albert ne vit rien venir. Quelque chose s'abattit sur son visage, lui lacérant la joue et lui ouvrant les lèvres. Le choc faillit le faire tomber à la renverse. Au bout du bras de monsieur William pendait la longue cravache dont il venait de se servir avec sauvagerie. Orwell esquissa un geste d'apaisement.

— Monsieur William, je viens de vous dire que nous ne l'avons pas encore interrogé !

— Mais il ne veut pas répondre, répliqua doucement monsieur William. Il ne veut pas répondre parce qu'il est fier et courageux.

Hurlant, il ajouta :

— Et parce qu'il nous hait ! Hein, tu hais la MC ?

Il leva de nouveau la cravache et Albert heurta le mur en tentant d'esquiver. Orwell tenta de reprendre la situation en main.

— Bien, bien. Nous allons sûrement nous entendre. Nous avons récupéré cet ordinateur que vous nous aviez volé, Albert. Il ne manque qu'une petite chose à notre bonheur, une petite chose que vous allez nous dire…

— On pourrait lui arracher un ou deux ongles ? suggéra monsieur William. J'ai remarqué que cela disposait bien les esprits.

Deux gardes entrèrent alors et installèrent sur une table l'ordinateur bleu électrique. Orwell posa la main sur le moniteur :

— Faites-moi sortir les personnages de Golem !

Albert comprit qu'il devait gagner du temps. Il montra ses menottes et se fit libérer. Il porta la main à sa bouche que le sang emplissait et s'essuya furtivement. Puis il s'assit devant l'ordinateur, l'alluma et découvrit la séquence qui permettait d'appeler Natacha. Le jeu semblait attendre, tapi de l'autre côté de l'écran. Albert se résuma la situation. La MC savait que les personnages du jeu sortaient de son ordinateur. Mais le peu de méfiance d'Orwell semblait indiquer qu'il ne connaissait pas le degré de perfectionnement de ces hologrammes ni leur hostilité à la MC.

Albert tapa ALIAS sur son clavier.

— Qu'est-ce que vous faites ? s'étrangla Orwell.

Il avait peur d'ALIAS.

— Je réponds à l'énigme : « Je suis celui qui est autrement appelé », expliqua Albert.

— On peut aussi lui couper une oreille ? proposa monsieur William qui trouvait tout cela bien long et ennuyeux.

`Entre ton nom` venait de s'afficher sur l'écran. Orwell, penché sur le clavier, inscrivit `ORWELL` dans le cartouche. L'ordinateur fit *plouitch* et s'éteignit.

— Il se moque de moi ! Il se moque ! hurla monsieur William en abattant sa cravache sur les épaules d'Albert.

Poussé à bout, celui-ci se redressa brusquement, attrapa le bras du gros homme et le tira, manquant de faire verser le youpala motorisé. Les gardes le couchèrent en joue.

— Non, non ! s'affola Orwell. Laissez-le en vie ! Il doit parler.

Traqué, Albert s'appuyait au mur.

— Il va parler, ajouta Orwell, n'est-ce pas ?

De nouveau, Albert essuya le sang qui coulait de ses lèvres fendues. Sans grand espoir d'être cru, il articula douloureusement :

— Cette séquence a été introduite dans mon jeu de façon clandestine. Je ne l'ai pas programmée. Je ne sais pas ce qu'il faut faire.

— Tu mens ! Tu mens ! cria monsieur William. Il ment ! Il ment ! Arrachez-lui la langue !

— Golem est votre jeu, renchérit Orwell.

— Oui, c'est mon jeu, mais il m'a échappé.

— Échappé, murmura Orwell.

Il songea à ce que lui avait dit Muller : « On a l'impression qu'ALIAS joue avec nous, qu'il nous nargue. » Pour sauver sa peau, Albert ajouta :

— Il n'y a qu'un homme au monde qui soit capable de faire sortir les hologrammes et cet homme, ce n'est pas moi.

— Il ment, il ment ! ragea monsieur William. Il dit ça parce qu'il ne veut pas qu'on lui coupe la langue.

Orwell lança à son patron un regard qui n'avait rien d'aimable et signifiait même : « Mais boucle-la un peu ! » Il interrogea de nouveau Albert :

— Qui ? Qui peut faire sortir les hologrammes ? Je veux le nom de cet homme.

Albert aurait pu répondre : « Tartempion » ou bien « Giraud ». Il n'eut pas cette présence d'esprit et lâcha :

— C'est un type qui s'appelle Jean-Hugues de Molenne.

— Mais quelle charmante coïncidence ! s'extasia Orwell. Il est justement venu nous rendre une petite visite.

Albert crut que son cœur se décrochait. Ils avaient aussi capturé Jean-Hugues ! Quelle monstrueuse boulette il venait de commettre ! Et Nadia, était-elle entre leurs mains ? Nadia et Natacha, où étaient-elles ?

Pas très loin, en fait. Il était 21 h 15 et le cabriolet rouge de Stéfano venait d'arriver à Gruyères.

— Et où vous allez si tard, les filles ?

— On va détruire la MC, répondit Natacha.

Cette fois, le rire se coinça dans la gorge de Stéfano.

— Vous savez où ça se trouve ? s'informa Nadia.

— Le… le siège de la MC ?

Stéfano devenait nerveux. Natacha répondit à sa place.

— À trois kilomètres. Passer devant le château, traverser la Sarine, première à droite après le pont.

— Elle est plus forte que le GPS, essaya de plaisanter Stéfano.

Mais il avait freiné. Il n'avait pas l'intention de conduire les filles jusque-là. Au même moment, quelque chose de froid appuya contre sa nuque. Le dégom-laser.

— Roule, ordonna Natacha.

Stéfano sentit ses cheveux se dresser sur sa tête. On ne rigolait plus, là. C'étaient deux terroristes.

— Tu es sûre de la direction ? questionna Nadia, en sortant posément le colt de sa gaine.

— Alias m'appelle, répondit Natacha, la voix robotisée et ses yeux semblant ne plus rien voir.

21 h 20. À l'intérieur du bunker, Jean-Hugues venait d'être placé devant son ordinateur. N'était la situation, il l'aurait bien serré dans ses bras. Pour lui, c'était Natacha.

— Faites sortir un hologramme de cet appareil, lui ordonna Orwell. Il paraît que vous êtes le seul homme à pouvoir le faire.

Jean-Hugues jeta un regard de reproche à Albert mais il eut honte, aussitôt après. C'était lui qui avait livré Albert à la MC et le malheureux avait les vêtements éclaboussés de son propre sang.

— Je vous laisse trente secondes pour vous décider, s'impatienta Orwell. Passé ce délai, je… nous abattons Albert.

— Pour commencer, intervint monsieur William, l'œil facétieux. Nous avons des tas de petits enfants en réserve. C'est toujours amusant de tuer des petits enfants.

Jean-Hugues chercha à analyser la situation. Les quatre enfants et Albert étaient prisonniers. Mais Nadia et Natacha, où se trouvaient-elles ? Personne n'en parlait.

— Vingt secondes, égrena Orwell, 19, 18...

— Pas de blague, lança Albert à Jean-Hugues.

Il se demandait si Machin n'avait pas décidé de le sacrifier.

— 14, 13, 12...

Sans se presser, Jean-Hugues s'assit devant son clavier et le caressa. « Si Natacha est retournée dans l'ordinateur, se dit-il, je peux la faire se matérialiser ici. Comment va-t-elle réagir si elle se trouve projetée au cœur de la MC ? »

— Vous avez de l'eau dans cette pièce ? demanda-t-il, la voix rêveuse.

— 10, 9... Nnnon, s'interrompit Orwell. Vous boirez plus tard !

Jean-Hugues acquiesça. Pas d'eau. La voie était libre pour Natacha. Alors, il entra son pseudonyme dans le cartouche.

— Caliméro ? lut Orwell, éberlué.

Jean-Hugues se releva et attendit la sortie du faisceau laser. Mais rien ne se produisit.

— Il se fout de moi ! cria monsieur William. Caliméro et puis quoi ? Crevez-lui les yeux, Orwell !

« Donc, conclut Jean-Hugues pour lui-même, Natacha est toujours dehors. »

— Ça... ça ne marche pas à tous les coups, dit-il pour gagner du temps.

— Eh bien, recommencez, et vous avez intérêt à réussir, cette fois, menaça Orwell.

Jean-Hugues jeta un nouveau regard vers Albert pour voir comment il supportait l'épreuve.

— Ça va ? hasarda-t-il.

— On fait aller, répondit Albert dans un ultime effort pour garder son air décontracté.

Jean-Hugues se rassit et tapa `CALIMÉRO` sans se faire beaucoup d'illusions. Orwell avait remis le compteur sur 30.

— 29, 28, 27...

Perdant son sang-froid, Jean-Hugues attrapa l'ordinateur à bras le corps et le secoua. Il se souvenait d'avoir fait sortir les Malfaisants en prenant son moniteur pour un shaker.

— Mais il fait n'importe quoi ! s'indigna monsieur William. Qu'on le pende par les pieds !

— Des fois, ça marche, bredouilla Jean-Hugues en s'affaissant sur sa chaise, découragé.

Les yeux brouillés par les larmes, il tapa encore `CALIMÉRO` puis chuchota :

— Natacha...

21 h 30. L'énorme panneau *Life is MC* clignotait dans la nuit. Derrière les vitres blindées, une faible lumière éclairait le hall d'entrée. Le veilleur de nuit somnolait à son poste. Une décapotable rouge se gara sur le parking Visiteurs. Stéfano, qui essayait de se convaincre qu'il rêvait, regarda s'éloigner les deux filles.

Quand l'entrée officielle de la MC fut dans sa ligne de mire, Natacha prit le dégom-laser à deux mains, la crosse calée contre sa hanche.

— Alias est mon maître et il m'appelle, récita-t-elle.

Stéfano poussa un cri de stupeur. *Pwijj*. Elle avait tiré ! La fille avait tiré !

— Au secours, murmura-t-il, terrassé.

La porte vitrée avait explosé dans un incroyable fracas.

— Popo, police, gargouilla Stéfano.

Natacha enjamba les débris de verre et entra dans la MC au son déchirant des sirènes d'alarme. Elle balaya l'entrée de son laser, faisant éclater les vitrines d'exposition, les cadres des tableaux et les jardinières de fleurs, enflammant les magazines, les posters et les tentures. Le dégom-laser arrosait tout, comme une lance à incendie prise de folie. Puis Natacha traversa le décor dévasté où la température était montée de vingt degrés en quelques secondes.

Nadia, hallucinée, avança à sa suite tandis que s'effondraient les fausses poutres, les rayonnages et les cloisons.

Orwell se figea, comme foudroyé par l'incrédulité. Sur le panneau mural qui schématisait l'ensemble du bunker, toute la zone figurant l'entrée principale du bâtiment venait de changer de couleur. Passée à l'orange vif, elle brillait de façon inquiétante.

— Qu'est-ce que c'est ? demanda derrière lui la voix de monsieur William.

— Je ne sais plus… je dois me tromper, souffla Orwell.

Il se tourna vers l'un des gardes.

— Je me trompe, n'est-ce pas… ça ne peut pas être ça ?

L'homme se raidit mais ne répondit pas.

— Qu'est-ce que c'est ? hurla monsieur William.

— Garde, insista Orwell, rappelez-nous ce que cela signifie.

— Secteur détruit, dit l'homme d'une voix aussi neutre que possible. Sécurité nulle.

Orwell éclata de rire.

— C'est ridicule… Secteur détruit ! Il s'agit du hall d'accueil.

— Débarrassez-vous d'eux ! brailla monsieur William, sa courte main potelée tendue vers Jean-Hugues et Albert.

— Du calme, dit Orwell, agacé.

Mais monsieur William semblait gagné par une angoisse galopante.

— Il a tapé ALIAS, accusa-t-il en désignant Albert. Il fallait l'en empêcher, Orwell ! Il communique avec le système. Il veut le rendre fou ! Il veut anéantir la sécurité !

Sur le tableau lumineux, la tache orange continuait de s'étendre. Puis une petite croix rouge s'alluma.

Cette fois, le garde intervint sans être sollicité.

— Intrusion par le sas 4, annonça-t-il.

— Impossible ! s'écria Orwell.

Il frappa la zone du plat de la main. Défiant Albert du regard, il cracha :

— Vous le savez comme moi, Albert. Pour faire sauter ça, il faudrait une bombe atomique cinq fois plus puissante qu'à Hiroshima. Personne ne peut entrer par là !

Albert haussa les épaules. Il avait vu dernièrement des choses autrement impossibles.

— Le blindage fait cinquante centimètres d'épaisseur, ajouta Orwell, comme s'il voulait le convaincre.

— Il suffit qu'ALIAS tourne la clé, répliqua Albert. ALIAS peut inviter qui il veut chez vous, Orwell.

Monsieur William poussa un couinement apeuré. Orwell lui fit signe de se taire. Il tendait l'oreille.

— Est-ce que vous entendez quelque chose ? demanda-t-il, sans s'adresser à quelqu'un en particulier.

Il ne reçut pour toute réponse que le léger grincement des roues du véhicule motorisé dans lequel se déplaçait monsieur William.

— Je m'en vais. Je me boucle chez moi. Là, au moins, il y a tout ce qu'il faut pour se défendre.

Au mur, une nouvelle zone venait de virer à l'orange.

— Absurde ! décida Orwell. Ce truc déconne. Garde, donnez-moi votre arme.

L'homme s'exécuta. Orwell saisit le revolver et tira dans le panneau mural, le faisant exploser en gerbes multicolores. Il se tourna vers Jean-Hugues, sourire aux lèvres.

— Voilà. Où en étions-nous ?

CHAPITRE XI

JEU DE MASSACRE

Natacha progressait sans jamais hésiter et Nadia la suivait. Du haut de la passerelle métallique, elles dominaient un puits baigné de lumière verdâtre où s'étageaient par dizaines des bureaux vitrés, tous identiques. À cette heure tardive, les alvéoles de la ruche étaient vides.

Nadia songea que c'était là, derrière l'une de ces cloisons de verre, qu'Albert avait créé son jeu. Golem. Ce lieu sinistre était l'éprouvette où avait été conçue l'étrange créature qui marchait devant elle. De retour dans le décor de ses origines, Natacha avançait avec l'aisance mécanique des personnages de jeu vidéo.

Elle s'engagea dans une voie qui semblait sans issue. Devant elle se dressait une paroi sombre et luisante, une muraille d'acier. Infranchissable. Mais Natacha refusait de rebrousser chemin. Elle malaxait son dégom-laser, arme dérisoire face à ce blindage à l'épreuve des missiles.

Restée quelques pas en arrière, Nadia observait avec étonnement le visage de la golémette. Natacha paraissait si attentive, si concentrée, si déterminée…

L'énorme bloc de métal se mit soudain à pivoter sur un axe invisible, comme si Natacha avait eu le pouvoir de l'ébranler par la seule force de sa volonté.

Les trois hommes qui se trouvaient de l'autre côté n'eurent pas le temps de sortir de leur ahurissement. Natacha les abattit l'un après l'autre, méthodiquement.

Nadia et Natacha venaient de pénétrer dans le domaine privé de monsieur William. Personne avant elles ne l'avait fait par ce chemin. Jamais, depuis que le bunker avait été construit, on n'avait vu frémir l'énorme paroi d'acier. Le mécanisme secret n'obéissait qu'à ALIAS, et ALIAS ne pouvait l'actionner qu'une fois lancée la procédure d'urgence absolue.

Mais personne n'avait lancé la procédure d'urgence absolue.

Ensuite, tout fut facile. Les sas s'ouvraient, les portes se déverrouillaient, les grilles se levaient. À chaque étape, les gardes tombaient.

Orwell n'avait pas lâché le revolver. À présent, il le tenait dirigé vers Jean-Hugues.

— Vous avez vu ce qui est arrivé au panneau, dit-il. Je me demande si votre tête fera un aussi joli spectacle en éclatant.

Orwell était persuadé que Jean-Hugues faisait preuve de mauvaise volonté.

— Si vous tapez encore une fois ce mot ridicule, je vous descends sans sommation.

Ce mot ridicule. Caliméro.

Albert observait le petit prof avec intérêt. Il sentait que le malheureux était en train de se torturer les méninges. Qu'allait-il donc trouver ? Que pouvait-il taper d'autre que « Caliméro » ? De toute façon, Natacha était en vadrouille. Rien ne sortirait de ce maudit ordinateur, quoi qu'on fasse.

— Les enfants, dit Jean-Hugues. Je veux les voir. Prouvez-moi qu'ils sont encore en vie.

Le canon du revolver entra en contact avec sa tempe. Puis Orwell baissa le bras en soupirant.

— Très bien, dit-il. Je vais vous montrer les enfants. Vous allez constater qu'ils se portent à merveille. Et ensuite vous parlerez.

Il alluma l'écran de contrôle n° 9. L'image était laide, grise, balayée par des ondes parasites. On y voyait quelques chaises, une table, et rien d'autre.

— Où sont-ils ? demanda Jean-Hugues.

— Je... ils sont sortis, apparemment.

— Ils n'ont pas pu sortir tout seuls, supposa Albert.

Orwell continuait de scruter l'écran, comme s'il n'en croyait pas ses yeux.

— Non. Ils n'ont pas pu.

Pour une raison que lui-même ne comprenait pas, sa colère tardait à éclater.

Cette fois, Nadia crut que sa fin était venue. Les gardes étaient nombreux, près d'une dizaine. Ils avaient compris qu'ils devaient affronter une tueuse redoutable. Ils allaient faire usage de leurs armes, tirer pour tuer. Quatre accroupis, les autres debout derrière eux. Ils protégeaient une colossale porte de bois.

Natacha semblait se résigner à la défaite. Elle ne leva même pas le bras pour tirer. Elle n'en eut pas besoin.

Nadia ne sut jamais ce qui se passa exactement, car, au moment où la herse s'abattit, elle avait enfoui la tête dans ses mains. Elle entendit des hurlements, releva la tête et les vit, embrochés par les pointes de la grille. Tout le rang de devant, tous les hommes accroupis. Cloués. Saignés.

Nadia se sentit défaillir. Elle aurait voulu chasser cette image monstrueuse, faire taire ces râles, ces gémissements, ces cris d'horreur.

Elle fut exaucée. Un nuage opaque enveloppa les gardes, ceux que la herse avait transpercés et ceux qui se tenaient debout derrière eux. Le silence revint. Tous à présent étaient à terre.

Anéantis par ALIAS.

— Alias est mon maître, dit Natacha.

Son maître et son complice dans la place. La herse se releva, tandis que dans un bruit de puissante soufflerie d'invisibles tuyaux avalaient la nuée toxique. Natacha enjamba les corps et fit exploser la porte de bois monumentale.

De l'autre côté, il y avait une salle immense dont le décor célébrait les produits de la MC. Au centre de la fresque, le grand pot de pâte à prout vert fluo évoquait une idole : le dieu grotesque de la société de consommation.

Natacha braqua sur lui son dégom-laser et fit « pwijj pwijj » avec la bouche. Mais elle ne tira pas. Nadia songea qu'elle commençait à raisonner avant d'agir. Elle ne tirait plus sur les objets. Seulement sur les gens. Et sur les portes.

La dernière était celle qui protégeait la chambre de monsieur William. Il ne fut pas nécessaire à Natacha de la faire voler en éclats. La porte s'ouvrit seule, avec une lenteur majestueuse et ironique. ALIAS livrait la proie.

Tout de suite, des cris s'élevèrent, des cris de bête promise à l'abattoir.

— Non ! Non ! Pas moi !

Monsieur William était devant un lit rose à baldaquin surmonté d'une couronne dorée, au centre d'une reproduction géante de la chambre de la poupée Mondina.

— Tirez pas, pas sur moi. Regardez, les enfants sont là. Je suis allé les chercher dans leur prison. Je les ai sauvés. C'est grâce à moi. Tirez pas…

Monsieur William était sorti de son youpala électrique. Il serrait contre lui la petite Aïcha aux yeux de biche terrorisée. Majid, Samir et Sébastien se tenaient à l'écart, observant tantôt le gros homme, tantôt Nadia et Natacha. Ils ne savaient plus qui ils devaient craindre le plus.

— C'est une petite fille, reprit monsieur William. Hein, vous n'allez pas tuer une petite fille ?

Il lui broyait les épaules, la secouait :

— Dis-le, petite crétine ! Dis-le que je t'ai sauvé la vie !

Natacha était en train d'ajuster son tir. À un moment ou à un autre, elle ferait feu.

— Monsieur William, dit-elle de sa voix de justicière sans âme, je viens vous détruire.

— Monsieur William n'existe pas ! hurla le misérable. Je suis un bouffon. Je ne suis qu'un bouffon.

Il tenta de se déplacer, étreignant toujours Aïcha de ses mains potelées.

— Non, Natacha, non, souffla Nadia. Ne tire pas... Mon Dieu, Aïcha...

— Elle va la tuer ! cria monsieur William. Elle va la tuer !

Mais Natacha avait une mission à accomplir. Le bras à l'horizontale, sans tremblement, sans émotion, elle appuya sur la détente.

— Un bouffon, un bouffon, sanglota monsieur William. C'est Orwell qu'il faut tuer ! C'est lui, le maître !

Nadia regarda Natacha avec étonnement. Le dégom-laser n'avait pas fonctionné.

— *Pwijj, reload*, grommela Natacha.

Elle pressa de nouveau la détente. Rien. Alors, elle baissa le bras et examina son arme. Une petite barre rouge indiquait que la charge en énergie avait atteint le niveau zéro. Monsieur William éclata d'un rire de dément :

— Ah, ah, même pas mort !

Natacha triturait le dégom-laser, grognant « *pwijj, reload* » sur un ton de dépit. Elle ne comprenait pas ce qui lui arrivait. Elle avait beaucoup tiré, elle avait touché beaucoup de cibles. Elle aurait dû gagner beaucoup d'énergie. Quel était donc ce monde où on ne pouvait pas empocher ses bonus ?

— Laissez-moi partir, supplia monsieur William.

Il s'adressait à Nadia. Le danger se faisant moins pressant, il libéra Aïcha et avança vers la jeune femme de quelques pas pathétiques.

— Je ne suis qu'un comédien. Je ne suis pas le patron de la MC. Regardez sur la chaise. C'est mon ventre postiche. J'ai des fausses dents, des faux cheveux, des faux sourcils. Tout est faux. C'est lui, c'est Orwell, le vrai patron de la MC. Je lui sers de bouffon. C'est lui qu'il faut tuer. J'étais payé pour faire le méchant. J'ai toujours voulu jouer les méchants. J'ai un don pour ça. Néron, Caligulaaaa…

Il sanglotait.

— Partons, dit-il à Nadia. Tu seras ma reine, mon Agrippiiiiine !

Nadia s'arrachait peu à peu à la fascination que Natacha exerçait sur elle. Elle voyait les quatre enfants devant elle, ses élèves de 5e 6. Il fallait arrêter le jeu de massacre, quitter cet enfer. Partir, oui, partir. Natacha dut sentir que Nadia flanchait. Dans un mouvement d'une incroyable vivacité, elle bondit vers la jeune femme et arracha le colt qu'elle tenait mollement à la main. La seconde suivante, elle s'accroupit et, les deux bras tendus, elle tira.

— Natacha, non ! hurla Nadia.

Monsieur William tomba à la renverse sur son lit, frappé en plein front. Nadia se précipita vers lui, mue par l'espoir que peut-être la gourde magique de Natacha pourrait le guérir. Idée insensée ! Le colt appartenait à un monde bien trop réel.

— Tout est faux, chuchota monsieur William.

Ce furent ses derniers mots. Serrés les uns contre les autres, les enfants ne pouvaient détacher les yeux de la tache de sang qui allait s'élargissant sur le joli dessus-de-lit de satin rose.

— Vous avez vingt minutes pour quitter le bunker, récita Natacha. Passé ce délai, vous serez détruits.

— Quoi ? hurla Nadia.

— Vous avez vingt minutes pour quitter le bunker, répéta mécaniquement Natacha.

Sébastien fut le premier à se ressaisir :

— Par où on peut s'en aller ?

Il regardait sa prof de SVT. Nadia Martin connaissait le chemin qui menait au hall d'accueil : un chemin semé de cadavres par le plus impitoyable des Petits Poucets. Nadia se tourna craintivement vers Natacha :

— On y va ?

— Ma mission n'est pas terminée, répondit Natacha.

Elle montra à Nadia les quatre enfants et ajouta avec une douceur inattendue :

— Sauve les petits d'homme.

Constatant qu'il ne trouvait pas trace des enfants sur l'écran de contrôle n° 9, Orwell avait allumé un deuxième moniteur. Puis un troisième. Puis un autre... Les jeunes otages n'étaient visibles sur aucun plan, dans aucune des pièces où il était plausible qu'on les ait conduits. Qui donc avait pris l'initiative...

Orwell lâcha un cri de stupeur. Sur l'écran de contrôle n° 13, il apercevait distinctement, dans un coin, le corps inerte d'un homme en uniforme.

— Quelque chose qui ne va pas ? demanda derrière lui la voix d'Albert.

— Gardes ! cria Orwell à l'adresse des deux hommes postés auprès de lui. Allez voir ce qui se passe. Je veux un compte rendu de la situation dans dix minutes.

À présent, tous les moniteurs étaient allumés. Passant d'un écran à l'autre, Orwell fit défiler une cascade d'images fixes, visitant le bunker à toute vitesse. Il y avait deux cent douze caméras dans le bâtiment.

— Qu'est-ce que…

Orwell venait de découvrir un spectacle ahurissant. Une dizaine de ses hommes gisaient dans une mare de sang devant la monumentale porte de bois.

— Une attaque !

Il se retourna vers Albert, comme s'il le soupçonnait d'en être l'instigateur.

— Je vais te tuer ! cria-t-il.

— Gardez votre sang-froid, Orwell, dit Albert. Il vous reste vingt minutes.

— Vingt minutes ?

— Vous n'auriez pas dû fracasser votre tableau lumineux. Il vous aurait renseigné sur l'état de la situation.

Albert désigna quelque chose sur l'écran de contrôle n° 7.

— La borne ! s'écria Orwell.

— Quoi, la borne ? s'inquiéta Jean-Hugues.

— En avez-vous vu d'autres sur les écrans ? demanda Orwell.

— Toutes les bornes sont allumées, répondit Albert, plus flegmatique que jamais. Nous sommes en alerte maximum aggravée.

— C'est quoi, ce charabia ? s'enquit Jean-Hugues.

— Procédure d'évacuation enclenchée, récita Albert. Le siège sera détruit dans moins de vingt minutes si le système n'est pas désactivé.

Orwell était blême. Il contempla un instant l'arme qu'il tenait à la main, comme s'il méditait le meurtre des deux individus qui se trouvaient devant lui. Mais le temps le pressait.

— Ne bougez pas d'ici, ordonna-t-il. Je vais au centre opérationnel principal désactiver ce foutu système. Si vous faites un pas hors de cette pièce, je vous promets de… de vous abattre comme des chiens.

Albert secoua la tête d'un air méprisant.

— Pourquoi refusez-vous de regarder les choses en face, Orwell ? Vous savez très bien que personne n'a déclenché l'alerte maximum. Vous savez très bien qui contrôle actuellement le système. Vous ne pouvez plus rien contre lui.

Orwell lui jeta un regard où brillait une lueur de démence. Puis il se rua dans le couloir.

Jean-Hugues adressa à Albert une petite grimace admirative.

— Tu as réussi à le faire disjoncter. J'espère que tu te sens capable de nous sortir d'ici avant qu'il reprenne ses esprits.

— Je crois pouvoir trouver le chemin, oui.

— Dès que nous serons dehors, nous alerterons la police suisse pour signaler la disparition des enfants.

— C'est ça. La police suisse, ricana Albert. Allez, tirons-nous.

Après avoir parcouru quelques centaines de mètres de couloirs, Jean-Hugues fut pris d'un doute.

— Cette histoire d'alerte maximum, c'était de l'intox, hein ?

— Avance !

Jean-Hugues sentit un frisson d'horreur le parcourir.

— C'est vrai ? Le bunker va être détruit ? Mais alors, les enfants ? On ne peut pas les abandonner... Les enfants... et mon ordina... Natacha...

Albert se retourna.

— Écoute, moi, je sauve ma peau. Si je peux. Il ne reste qu'à espérer qu'Orwell réussira à reprendre le contrôle d'ALIAS. Sinon cette prétendue intelligence va tout foutre en l'air. Dans quinze minutes, maintenant.

— Salaud ! Tu abandonnes les enfants !

Albert s'arrêta net, à la recherche d'une réplique définitive. Une soudaine apparition lui épargna d'avoir à se creuser la cervelle.

— Attention !

C'était un des gardes qu'Orwell avait envoyés en éclaireurs, qui revenait en titubant. Sans la moindre défiance, il se raccrocha à Albert.

— C'est un massacre, dit-il. Il y a des cadavres partout. Je vous en prie, monsieur, je veux sortir d'ici.

— Quatorze minutes, annonça Albert d'une voix sinistre. Si ALIAS tient jusque-là.

Il repartit au pas de charge, pensant que les deux autres le suivaient. Quand il se retourna trente secondes plus tard, il ne vit que le garde.

— Jean-Hugues ! appela-t-il. Jean-Hugues ! Mais quel con !

Jean-Hugues était reparti en sens inverse pour sauver l'ordinateur ou bien les enfants. Il ne savait plus. Quand il arriva dans la pièce où avait eu lieu l'interrogatoire, il comprit qu'il avait perdu la partie. L'ordinateur avait disparu. Orwell était probablement venu le rechercher avant de s'échapper par quelque issue secrète. Terrassé, Jean-Hugues se laissa choir sur une chaise. Il ne restait que quelques minutes au compte à rebours et il était seul au cœur d'un labyrinthe dont il ignorait tout.

— Maman, murmura-t-il.

Mourir. Il allait mourir, loin de sa mère qu'il n'avait jamais quittée, loin de la cité des Quatre-Cents, loin du collège, loin de sa vie, loin de tout.

— Jean-Hugues.

— Maman ?

Il releva les yeux et, dans un brouillard de larmes, il aperçut Natacha.

— Jean-Hugues.

Les jambes flageolantes, le jeune homme se redressa.

— Tu es là ? Tu es là…

Si elle était là, il pouvait mourir. Mais il se souvint de ses élèves.

— Natacha, les enfants, où sont-ils ?

— Avec Nadia. Viens.

Jean-Hugues fit un pas mais le sol parut se dérober sous lui. Il n'en pouvait plus. Il allait tomber dans un trou noir. Il sentit que quelque chose se refermait sur sa poitrine comme un étau. Les bras de Natacha.

— Quatre minutes, dit-elle.

C'était un peu juste, mais ça devrait aller. Jean-Hugues s'évanouit.

Quand il reprit connaissance, il était assis sur le parking de la MC, adossé à une voiture. Natacha était accroupie près de lui.

— Vingt secondes, dit-elle.

Le bruit d'un hélicoptère lui fit lever les yeux au ciel. Jean-Hugues comprit qu'Orwell s'échappait et, avec lui, l'ordinateur bleu électrique. Il n'eut pas le loisir d'en faire part à Natacha. Elle avait entamé à voix haute l'ultime compte à rebours.

— 6, 5, 4, 3, 2...

Il y eut une terrifiante explosion, qui donna à Jean-Hugues l'impression que le parking allait s'ouvrir et l'engloutir. Toutes les baies vitrées de la MC dégringolèrent. Puis la structure des bâtiments se plia. Jean-Hugues aurait juré alors que la partie émergée du bunker était en train de rentrer sous terre. Ensuite, pendant une longue minute, il n'y eut plus rien d'autre sous la lune qu'un nuage de poussière traversé d'étranges lumières.

— *Mission completed*, fit Natacha de sa voix de robot.

CHAPITRE XII

SAUVÉS ?

Nadia avait quatre petits d'homme sur les bras et vingt minutes pour quitter le bunker. Vingt minutes avant que la partie ne s'achève. Aïcha, Majid, Samir et Sébastien n'auraient pas de seconde chance. Ils avaient 12 ou 13 ans. Ils n'avaient encore connu qu'un décor, les tours des Quatre-Cents. S'ils n'étaient pas sortis du bunker dans vingt minutes, ils demeureraient à tout jamais sur la première marche du premier niveau. Ciel gris. Béton froid.

Et Nadia ne savait plus.

Ce chemin qu'elle croyait gravé dans sa mémoire s'était effacé. Elle se souvenait des cris d'horreur, des blessures béantes et des yeux emplis d'effroi. Ces corps étendus, elle les voyait encore, là, devant elle.

— Madame ? demanda Aïcha. Est-ce qu'ils sont morts ?

Oui. Ils étaient morts. Mais Nadia ne savait plus dans quel ordre. Or, pour pouvoir sortir du labyrinthe, il aurait fallu qu'elle le sache. Aller du carnage numéro 5 au carnage numéro 4 et ainsi de suite jusqu'à la grande porte vitrée de l'entrée.

Couloirs, halls, sas, escaliers… Nadia ne reconnaissait plus les lieux. Elle avait suivi Natacha, affolée, terrifiée. Maintenant, elle devait faire le chemin en sens inverse, seule. Non, avec quatre enfants. Ils étaient tels qu'elle ne les avait jamais vus. Muets.

— Les enfants, ze crois…

Ne pas pleurer. Prendre une décision. Elle était sûre d'avoir déjà suivi ces longues lignes rouges sur le sol. Oui, mais dans quel sens ?

Ses yeux croisèrent ceux de Majid. Il la suppliait de faire quelque chose, de savoir. « Il compte sur moi, pensa Nadia, il compte tellement sur moi. »

— C'est par là, dit-elle.

Quand elle vit les portes vitrées derrière lesquelles s'alignaient dans l'ombre des ordinateurs fantomatiques, elle sut qu'elle faisait fausse route. Pourtant, elle continua. Il n'y avait pas d'autre solution.

Vingt minutes, avait dit Natacha. Combien en restait-il ? Nadia ne voulait pas regarder sa montre. Ils venaient de déboucher dans un espace immense, zone glaciale où s'entassaient des centaines de colis. Un hangar d'expédition. Jamais Natacha et elle n'étaient passées par là.

— Mes enfants, ze ne suis pas sûre…

Elle jeta un regard désespéré en direction du long couloir qui les avait menés aux entrepôts. Elle devait prendre une décision. Vite.

— Ze me suis trompée. Il faut rebrousser chemin. On va courir, d'accord ?

Mais les enfants ne l'écoutaient plus. Elle avait perdu leur confiance.

— Le chariot ! lança Sébastien.

Il grimpa sur le siège d'un chariot élévateur et se mit à manipuler les commandes avec fébrilité.

— Laisse ! fit Samir.

Bousculant son copain, il prit sa place derrière le volant. Il trouva immédiatement comment mettre l'engin en marche.

— Montez tous !

Pendant deux cents mètres, ils longèrent des murs de cartons empilés. Le hangar souterrain semblait n'avoir pas de fin. Agrippée au dos d'Aïcha sur la petite plate-forme du chariot, Nadia scrutait la bouche noire qui approchait. « Ce n'est pas la sortie », songea-t-elle. Elle vit soudain un panneau accroché à une chaîne. Elle y reconnut la forme stylisée d'un chariot élévateur. Un gros trait rouge le barrait.

— Samir ! Pas par là ! C'est interdit !

— On s'en fout, fit Samir entre ses dents.

Le chariot et ses cinq passagers basculèrent sur une rampe. Peu à peu, l'engin prit de la vitesse, comme lancé sur une piste de bobsleigh.

Cramponné au volant, Samir passa sans encombre les deux premiers lacets. Puis le chariot commença à frotter contre la paroi. Soudain, il la heurta, une fois, deux fois ; puis une troisième secousse, plus violente, le fit rebondir vers la paroi opposée. Le chariot se mit en travers et éjecta brutalement ses passagers.

Nadia se releva la dernière, massant son coude endolori.

— Ça va, les enfants ?

Mais ils poursuivaient sans l'attendre, se laissant glisser jusqu'au bas de la rampe. Ils étaient tombés. Ils s'étaient relevés. Aucun n'avait poussé le moindre cri.

Quand elle les rejoignit, Nadia vit qu'ils avaient atteint un parking souterrain.

— Il est là, annonça Sébastien.

Il avait reconnu le camping-car de ses parents. Quelle que soit la taille du parking, l'Amical 5 était toujours facilement repérable.

Les clés étaient restées sur le tableau de bord. Toutes les barrières étaient levées, toutes les portes ouvertes. Là comme ailleurs, Alias avait tout déverrouillé.

Le camping-car sortit de la montagne comme il y était entré, par l'accès nord. Il émergea dans la clarté de la lune, sur un tronçon de route long de trois cents mètres.

Nadia n'eut pas le temps de le franchir jusqu'à son terme. Le souffle de l'explosion fut tel qu'elle perdit un instant le contrôle de l'Amical. Comme si le camping-car ne roulait plus. Comme s'il volait. Elle ne vit rien, que quelques reflets dans le pare-brise, quelques images fugitives dans le rétroviseur. Une boule de feu. Une ombre immense. La partie supérieure du bunker s'était soulevée comme le couvercle d'une marmite, avant de retomber dans un terrifiant fracas. Étouffant tout. Écrasant tout.

Elle eut une brève pensée pour ceux qui sans doute se trouvaient encore à l'intérieur. Albert ? Natacha ?

Nadia appuya sur l'accélérateur, fonçant sur la route déserte. Quelques minutes plus tard, elle freina à mort. Il y avait deux voitures en travers de la route. La police ! Il était temps. Nadia était à bout de résistance.

— Nous sommes sauvés !

Trois policiers s'approchèrent, braquant vers l'Amical leurs torches électriques. Nadia vit le visage de l'un d'eux, tout contre la vitre. Puis elle ne vit plus rien : il l'aveuglait de son rayon lumineux.

— Les enfants sont avec moi, dit-elle par la vitre baissée. Sains et saufs.

La portière s'ouvrit. Nadia commença de descendre. Mais une main agrippa son bras et l'arracha brutalement à l'habitacle du camping-car. Elle poussa un hurlement. Le policier lui avait retourné le bras dans le dos et l'avait propulsée contre le flanc de l'Amical. Son front heurta la tôle. Elle sentit des mains sur elle, sur ses flancs, son ventre, ses cuisses. Ils étaient tous les trois autour d'elle à présent. L'un d'eux lui tira les cheveux pour l'obliger à tourner la tête. Les torches la balayaient de haut en bas. Elle entendit une voix.

— C'est elle. C'est Micheline.

Elle connaissait cette voix. Stéfano ! Le dragueur au cabriolet rouge.

— Les enfants ! Évacuez les enfants ! cria quelqu'un.

On conduisit Nadia au poste de police de Gruyères. On la fit entrer dans un bureau à la fenêtre fermée par des barreaux. Comme ça, sans explications. Nadia s'assit sur une chaise de paille, hébétée. Il lui semblait que sa journée avait débuté quarante heures plus tôt. Soudain, elle se sentit secouée :

— Qu'est-ce que c'est ? Cette arme… de quoi s'agit-il ?

Des lambeaux de rêve flottaient encore devant les yeux de Nadia. Elle était prise sous les décombres fumants d'un entrepôt ravagé par un incendie. Jamais elle ne s'était ainsi endormie sur une chaise.

— Ils disent que ça fait des trous qui ne se referment pas, ajouta l'homme penché sur elle.

De nouveau, il secoua Nadia. D'une voix pressante, il répéta sa question :

— Qu'est-ce que c'est ?

Nadia écoutait le sang qui battait à ses tempes. Dans le monde cotonneux où elle se débattait, rien ne semblait urgent. Soudain, l'homme lui posa une question étrange :

— À quelle organisation appartenez-vous ?

Nadia lui jeta un regard las. Une seule chose lui importait.

— Où sont les enfants ? demanda-t-elle.

— En sécurité.

Quelque chose n'allait pas. Nadia en était consciente. Dans la façon dont on la traitait, dans la façon dont cet homme lui parlait. Mais elle était trop épuisée pour se révolter.

— Pour le moment, dit l'homme, je n'ai pas l'intention de mener un interrogatoire en règle. Vous savez bien ce qui me préoccupe.

Nadia fit non de la tête.

— Est-ce qu'il y a encore du danger ? demanda-t-il. D'autres bombes ?

Nadia frissonna.

— S'il vous plaît, murmura-t-elle, ze veux rentrer chez moi.

Pris au dépourvu, l'homme alla se chercher une chaise et s'installa en face de Nadia, les mains à plat sur ses genoux.

— Je m'appelle Eberhardt, dit-il. Micheline, c'est pas ton vrai nom ?

Le tutoiement la fit tressaillir.

— Non. C'est Nadia Martin.

Soudain, l'homme explosa :

— Il y a quand même quelque chose qui me dépasse ! Pourquoi as-tu fait du stop avec ta complice ?

Nadia eut la sensation que la température de son corps chutait de dix degrés. Sa « complice » ?

— En plus, vous aviez un véhicule sur place. Ce camping-car, il est à toi ?

Nadia acquiesça, puis elle se reprit :

— Enfin, non. Il est au père d'un des enfants, le petit Sébastien.

L'information plongea Eberhardt dans la perplexité.

— Il fait partie du réseau ?

— Quel réseau ?

Elle crut qu'Eberhardt allait la frapper et elle se protégea le visage. Heureusement, la porte s'ouvrit et un autre homme fit diversion :

— Laisse tomber, dit-il. On a le premier rapport d'autopsie. C'est pas une affaire pour nous.

Il précisa, l'air dégoûté :

— Ils font appel à des types du MIB.

Il désigna Nadia d'un signe de tête :

— Faut l'isoler. Tu ne lui poses plus une seule question.

Nadia se demanda si c'était une bonne nouvelle.

Elle put s'allonger sur le matelas d'une cellule et dormir d'une traite jusqu'au lendemain. C'est du moins ce qu'elle pensa tout d'abord. Puis, voyant traîner sur le sol trois plateaux repas que personne n'avait débarrassés, elle songea qu'elle avait dû dormir plus longtemps que cela.

Tout était froid. Nadia avala quelques bouchées de riz et vida coup sur coup les trois gobelets emplis d'eau. Une heure plus tard, elle fit la connaissance des « types du MIB ».

Tommy, c'était le Noir. Payne, c'était le blond. Ils attendaient Nadia dans une pièce confortable, aux fenêtres sans barreaux. Ils avaient, eux aussi, reçu leurs plateaux. Sur la table, il y avait des restes de hamburgers et de grands pots en carton de Mondial Cola. Tommy et Payne venaient de loin, et cela se voyait : visages fripés et vêtements froissés.

— Nous travaillons pour le Mondial Investigation Bureau, dit Payne. On nous a alertés... (il regarda sa montre) il y a quatorze heures et nous voici.

Il avait l'air content de lui. Les deux hommes du MIB étaient assis sur le bord de la table, les fesses parmi les reliefs de hamburgers.

— Vous vous doutez bien que nous ne nous déplaçons pas pour une banale affaire de terrorisme, dit Payne.

— Si nous sommes là, c'est uniquement à cause de ce que nous allons vous montrer, dit Tommy en fermant les rideaux.

Sur la table, au milieu des emballages, se trouvait un projecteur de diapositives d'aspect plutôt vieillot. Quand Payne projeta la première image sur le petit écran mural, Nadia détourna le regard. C'étaient des corps sans vie, les corps des cow-boys abattus sur le parking de Mondioland. Les photos suivantes étaient des gros plans.

Tommy s'était placé à côté de l'écran. Avec une baguette, il indiqua :

— Le projectile est entré ici, transperçant l'os malaire, et a sectionné les muscles ptérygoïdiens avant de ressortir à l'arrière du crâne, au niveau de la suture pariéto-occipitale, après avoir causé les dommages que vous imaginez à la masse cérébrale.

Nadia réprima un hoquet.

— Il y a une sorte de boutonnière à l'entrée des plaies, quelque chose de très propre.

— Chirurgical, ajouta Payne.

Il y eut un déclic et une autre diapo apparut sur l'écran. Une autre plaie. Une autre trajectoire.

— Pas une goutte de sang à l'intérieur des blessures ! s'exclama Tommy. Le projectile fait un tunnel dans les chairs comme si c'était une mèche de perceuse. Mais une tête humaine n'est pas une planche de bois. Ce que nous observons là est a priori impossible, miss Martin.

Payne et Tommy se tournèrent tous deux vers Nadia.

— L'arme dont il a été fait usage est d'un genre qui nous est inconnu, dit Tommy.

— Bien que cela puisse évoquer l'affaire d'Annapolis, dans le Maryland, compléta Payne.

— Mai 1987. Une affaire jamais totalement élucidée.

— Miss Martin, dit Payne, quelle est cette arme ? Quelle est sa provenance ?

Nadia inspira un grand coup. Et lâcha la seule information qu'elle estimait pouvoir offrir :

— Un dégom-laser.

Tommy hocha la tête.

— Nous pensions à quelque chose comme ça.

— Avez-vous agi sous la contrainte ? demanda Payne.

Nadia acquiesça en ouvrant des yeux effarés. Il lui fallait jouer serré pour ne pas se retrouver en position d'accusée.

— Cette… créature est terrifiante, dit-elle.

— Que savez-vous d'elle ? demanda Tommy.

— Elle prétend s'appeler Natacha. Mais ze crois qu'elle n'est pas… pas entièrement humaine.

Tommy et Payne échangèrent un regard. Ils étaient déjà parvenus à cette conclusion.

— Pour le bunker, reprit Tommy, vous êtes notre seul témoin. Il y a eu vingt-huit victimes.

Nadia retint la question qui lui brûlait les lèvres. Elle aurait tant voulu savoir si parmi ces victimes se trouvait un grand brun musclé, un garçon au prénom démodé… Non, en fait, elle ne voulait pas savoir.

— Z'ai presque tout oublié, marmonna-t-elle d'un ton aussi convaincu que possible. Z'étais entièrement sous le contrôle de cette créature. Z'azissais comme un robot. Ze me souviens de cris, d'éclairs, de fumée… puis… puis… z'ai retrouvé les enfants… Ce sont mes élèves.

Nadia se mit à sangloter, sans trop se forcer. À ce moment, quelqu'un frappa à la porte du bureau. Payne alla ouvrir. C'était Eberhardt.

— Nous avons la preuve, dit-il en tendant une feuille de papier. C'est une terroriste basée aux Quatre-Cents.

— Oui, oui, fit distraitement Payne.

Il repoussa Eberhardt tout en acceptant la feuille de papier. Il y jeta un coup d'œil puis revint vers Nadia.

— La police française a perquisitionné chez vous, miss Martin. Ils ont trouvé des produits chimiques dangereux dans votre cuisine.

C'étaient les substances dont Nadia s'était servie pour fabriquer une bombe lacrymogène. Elle tenta une piteuse explication :

— Ze suis professeur de sciences, vous comprenez… Ce sont des produits dont ze me sers pour mes expériences…

— Ne vous justifiez pas, miss Martin, coupa Tommy. Chez nous aussi, aux États-Unis, la plupart des professeurs préfèrent se rendre armés dans les collèges.

— Vous avez été rudement éprouvée par tous ces événements, dit Payne en posant une main amicale sur son épaule. Reposez-vous. Quant à nous, nous ferons tout pour retrouver cette créature avant que…

Sa gorge se noua. D'une voix rauque, il poursuivit :

— … avant qu'elle ne mette notre civilisation en péril.

— Payne est très émotif, dit Tommy. Il exagère parfois un peu.

Il regarda sa montre.

— Nous allons devoir interrompre cet entretien. Nous avons demandé à assister à l'autopsie d'une des victimes. Nous attendons beaucoup de cet examen.

— Est-ce qu'ils vont me garder en prison ? demanda Nadia.

— Ce n'est pas à nous d'en décider, répondit Payne. Mais nous allons vous envoyer une bénévole de la Croix-Rouge qui sera pour vous d'un grand réconfort moral.

— Mademoiselle Truchaux, précisa Tommy.

— Oui, mademoiselle Truchaux, répéta Payne comme s'il trouvait déjà dans ce nom un grand réconfort moral.

CHAPITRE XIII

LES RÉELS ET LES VIRTUELS

La lune se reflétait dans les eaux du lac de la Gruyère. Comment Jean-Hugues était-il arrivé là ? Après l'explosion du bunker de la MC, il s'était éloigné avec Natacha, marchant, trébuchant, courant, tombant, sans savoir s'il était coupable ou innocent. Celle qui l'avait sauvé avait tué. C'était sa seule certitude et ce fut une de ses dernières pensées sur cette route qui descendait vers le lac. Sans doute avait-il perdu connaissance. Et elle l'avait porté.

À présent, il était seul, adossé à un arbre. En face de lui, la crête des montagnes se dessinait en noir sur le fond bleu nuit. La vallée résonnait de sirènes lointaines. Les secours avaient dû arriver. Nadia avait-elle mis les enfants à l'abri ? Albert était-il sorti vivant de la MC ? Jean-Hugues s'appliquait à ne penser qu'aux réels, aux êtres faits comme lui de chair et de sang. Mais son seul tourment s'appelait :

— Natacha !

Enfin, il s'était décidé à crier son nom. Était-elle là dans la nuit ? Ou bien l'avait-elle abandonné ? Péniblement, en s'appuyant à l'arbre, Jean-Hugues se redressa. De loin en loin dans la vallée, une petite lumière palpitait. Des gens que l'explosion avait éveillés. Jean-Hugues se tourna vers le bois et appela :

— Natach… ah !

Elle était assise dans l'herbe contre un rocher, si raide, si immobile qu'on eût dit un automate attendant d'être remonté. Ses yeux grands ouverts brillaient comme deux agates au clair de lune.

— Elle est déconnectée, se dit Jean-Hugues à voix haute.

Il n'osait pas lui parler. Ce n'était pas un être vivant qui était là ni une machine. C'était quelque chose entre un monstre et rien. Le dégom-laser était dans l'herbe. Jean-Hugues se baissa pour le prendre. Une main lui crocheta le poignet. Il hurla de terreur. Natacha s'était reconnectée.

— *Pwijj*, *pwijj*, dit-elle faiblement.

Elle savait que son arme n'était plus opérationnelle.

— Alias veut que je transfère mes données, ajouta-t-elle.

Jean-Hugues était trop fatigué pour s'interroger sur le sens de cette phrase. Mais il vit Natacha se redresser. Elle happa son arme au passage et se dirigea vers le lac. En un éclair, Jean-Hugues comprit ce qu'elle allait faire. Elle allait toucher l'eau pour disjoncter et repartir dans l'ordinateur. L'ordinateur qui était aux mains d'Orwell !

— Natacha, c'est l'eau ! Tu vas perdre une vie. Il ne t'en reste plus que deux.

— Je dois transférer mes données. Alias les attend.

Toutes les informations que Natacha avait stockées sur le réel, elle devait maintenant aller les décharger dans l'ordinateur bleu électrique comme si elle n'était qu'une vulgaire disquette.

— Reste avec moi, la supplia Jean-Hugues.

— Caliméro est mon allié, dit-elle sur un ton presque pensif.

Comment expliquer à Natacha qu'Orwell allait se faire passer pour Caliméro ? Jean-Hugues se planta en face d'elle, lui coupant la route vers l'eau.

— Je ne possède plus l'ordinateur. C'est Orwell qui l'a. Il est le maître de la MC et il va devenir ton allié.

— Jean-Hugues, dit-elle.

— Oui ?

— Jean-Hugues.

— Quoi ?

— Jean-Hugues.

Puis rien. Elle était en train d'intégrer les nouvelles données.

— C'est bien d'être une fille réfléchie, grommela Jean-Hugues. Mais ça ne facilite pas le dialogue.

La pause prit fin trente secondes plus tard. Natacha fit un pas de côté. Elle voulait repartir vers le lac.

— Je vais transférer mes données.

— Tu n'as rien compris, alors ! hurla Jean-Hugues. Orwell va se faire passer pour moi, tu es conne ou quoi ?

Le jeune homme résista à la tentation de secouer Natacha.

— Jean-Hugues n'a plus l'ordinateur, dit-elle. Je dois prévenir Alias.

Elle regarda Jean-Hugues comme si elle attendait confirmation.

— Alias n'a qu'à se débrouiller tout seul. Reste avec moi.

Dès qu'un peu d'humanité reparaissait en Natacha, il se reprenait à l'aimer.

— Je ne peux pas rester.

— Mais si. Tu es libre ? hasarda-t-il.

Natacha souleva sa frange blonde et le mot EMET apparut en lettres noires sur sa peau ambrée.

— Alias me donnera ma liberté si tu termines le jeu.

— Tu sais ce que c'est, « Alias » ? s'emporta Jean-Hugues. Artificial Logical Intelligence for Absolute Security. C'est le système de sécurité mis au point par la MC.

— Erreur fatale. Alias est le Maître des golems.

Parlaient-ils du même Alias ? Soudain, Jean-Hugues sentit ses jambes se dérober sous lui et Natacha dut le soutenir.

— Il faut que je dorme un peu, constata le jeune homme.

Il jeta un coup d'œil sur Natacha et corrigea :

— Je vais faire pause. Mais tu n'en profites pas pour toucher l'eau, hein ?

— Il y a une autre option ?

— Reste. J'ai besoin de toi.

— Clique sur AIDE.

Jean-Hugues leva les yeux au ciel mais aucun menu ne se déroula sur la nuit.

— On est dans le réel, Natacha, et j'ai réellement besoin de toi.

Il hésita, ouvrit grands les bras puis les referma sur Natacha.

— Tu vois, chez les réels, c'est comme ça qu'on se met en réseau.

Un courant le traversa de bas en haut et faillit lui faire lâcher prise. Mais Natacha le serra à son tour. Il eut alors le sentiment que, comme deux machines connectées entre elles, ils étaient en train de partager leurs ressources. Le réel et le virtuel, le joueur et la guerrière. Lentement, ils se détachèrent l'un de l'autre.

— Je ne suis plus fatigué, remarqua Jean-Hugues. Tu m'as réinitialisé.

Loin de là, dans un modeste appartement de banlieue, quelqu'un pensait à Jean-Hugues. Madame de Molenne était inquiète. Son fils était parti depuis deux jours et ne lui avait donné aucune nouvelle. Depuis son réveil, à sept heures, jusqu'à ce moment du coucher qu'elle ne cessait de repousser, madame de Molenne avait attendu un coup de téléphone. La seule chose qui la soutenait dans sa solitude anxieuse, c'était une espèce de lézard aux yeux bleus qui ronronnait dès qu'elle le regardait. Bubulle semblait définitivement domestiqué et madame de Molenne prenait l'habitude de lui parler.

— Tu vois, lui dit-elle, Jean-Hugues n'était pas dans un état normal quand il est parti.

— Ron, ron, fit le petit dragon.

Il admirait immensément la boss au balai. Ce qui ne l'empêchait pas de regretter le temps où, du haut de ses trois mètres, il l'aurait terrorisée. Madame de Molenne gratta la moquette comme on fait pour intriguer un chaton.

— Mini, mini…

Bubulle était craintif mais ce petit jeu lui plaisait. Il s'approcha et posa une patte sur la main de la boss. Puis la retira. Puis la remit. Chaque fois, madame de Molenne se prenait une petite décharge. Elle avait compris qu'elle n'avait pas à redouter une quelconque allergie. Il s'agissait bel et bien d'électricité. La créature était saturée de courant.

— Mini, mini…

Le jeu excitait tant le petit dragon qu'il en perdit la tête. La perversité était malheureusement programmée chez lui. Ses yeux bleus devinrent rouges et il souffla une méchante flamme de toutes ses forces. Madame de Molenne cria de douleur et de surprise. Une tache brune s'était formée sur sa main, presque semblable à une brûlure. Bubulle, conscient de son forfait, trottina sous le fauteuil et se tapit contre la plinthe.

Madame de Molenne fut peinée de cette agression. « On ne peut vraiment compter sur personne », se dit-elle, ce que la psychologie aurait pu lui apprendre depuis longtemps. Elle décida de se mettre au lit avec un livre. En réglant son radioréveil pour le lendemain matin, elle fit une fausse manœuvre et alluma la radio.

— France Info. Il est 22 heures. Nous retrouvons tout de suite à Lausanne notre correspondant Quentin Davoine. Des précisions sur l'attentat de cet après-midi ?

Madame de Molenne, qui allait éteindre la radio, suspendit son geste.

— Eh bien oui… On fait état de cinq morts. Les victimes seraient des employés de Mondioland qui faisaient une démonstration de lasso sur le parking du célèbre parc d'attractions.

Mondioland ! Madame de Molenne se figea. C'était là que Jean-Hugues était parti.

— Deux personnes sont activement recherchées, deux jeunes femmes dont le signalement a été diffusé dans toute la région. C'est l'une d'entre elles qui a fait feu cet après-midi. Au dire des témoins, ce serait, je cite : « Une sorte de Lara Croft en blonde. » Nous attendons plus de détails. Pour l'instant, on parle d'une vengeance d'employées qui auraient été licenciées...

Pourquoi madame de Molenne, le souffle suspendu, faisait-elle le rapprochement entre ce macabre fait divers et le silence de Jean-Hugues ? La voix du journaliste dans les studios la fit revenir à elle :

— Merci, Quentin. En France, les salariés de Toulinex...

Madame de Molenne éteignit. Cette fois, sa décision était prise. Elle avait trop longtemps refusé de savoir. Maintenant, et quoi que Jean-Hugues ait pu faire, elle devait comprendre.

Il lui avait menti. Au sujet de cet animal qui n'en était pas un. Et sûrement au sujet de cette fille qu'il lui avait présentée sous le nom de Natacha Durand. Qui était-elle ? Madame de Molenne frissonna au souvenir de l'étrange créature. N'était-ce pas « une sorte de Lara Croft » ? Et ce Joke dont la petite Lulu lui avait parlé, ce Joke qui se cachait dans les carrières, qui était-ce ?

Il faisait nuit et venteux. La pluie tombait par paquets contre les vitres. Mais plus rien ne pouvait arrêter madame de Molenne. Elle prit les clefs de sa voiture, enfila bottes et imperméable et partit.

L'eau dégorgeait de partout. Luttant contre les bourrasques, madame de Molenne avança vers l'entrée des cavernes. Que venait-elle y chercher, sinon un peu de vérité ?

— Joke ! Joke ! appela-t-elle.

Une sorte de vagissement lui répondit, quelque chose entre les pleurs d'un bébé et le mugissement d'un veau privé de sa mère. Madame de Molenne alluma sa lampe électrique et s'enfonça dans la carrière. Par moments, l'eau lui arrivait au niveau des chevilles. Joke s'était replié dans la galerie. Affaissé contre la paroi, il était retourné à l'état d'hologramme, rabougri et transparent. Ce fut par hasard que le rayon lumineux le traversa. Il tressaillit et poussa un nouveau vagissement. Madame de Molenne faillit en lâcher sa torche.

— Mon Dieu, mais qu'est-ce que c'est ? murmura-t-elle.

La forme blanchâtre, vaguement humaine, émit un son plaintif.

— Ammiii, ammmiii…

Madame de Molenne resta immobile quelques longues secondes, éclairant toujours la créature. Les contours en étaient indistincts comme s'ils se diluaient dans l'air. Mais l'être avait bien une sorte de visage avec des yeux couturés et une balafre hideuse en guise de bouche. Il semblait si mal en point que, peu à peu, madame de Molenne se rassura.

— Joke ? l'appela-t-elle.

— Ami, répondit-il.

C'était ce mot qu'il répétait, et une curieuse tristesse envahit madame de Molenne. Mais elle se sentait impuissante. Que faire pour cette pauvre créature ? Majid et Lulu en connaissaient l'existence, et Jean-Hugues aussi.

— Mais oui ! s'exclama soudain madame de Molenne.

Oui, elle avait déjà vu un être semblable sur l'ordinateur de son fils. Jean-Hugues lui en avait parlé comme d'un bug ou d'un virus qui se promenait sur l'écran intempestivement. Il avait bien appelé « Joke » ce bug indésirable. Toutes les connexions se faisaient enfin. Cette Natacha avec son arme dans le dos qui n'était sûrement pas un jouet, ce Bubulle qui se rechargeait dans les prises et enfin ce Joke, d'où venaient-ils ? De quel ailleurs, de quel au-delà ? Quelles étaient leurs intentions ?

Madame de Molenne s'approcha. Son désir de savoir lui faisait oublier toute prudence. Du bout de sa torche, elle effleura Joke. À l'instant même, la lampe se volatilisa et madame de Molenne se trouva projetée en arrière par une décharge électrique. Dans le noir, alors qu'elle se relevait, elle aperçut Joke qui crépitait et se regonflait, diffusant tout autour de lui une lumière bleutée.

— Moi faim encore, dit-il.

Épouvantée, madame de Molenne eut la plus grande difficulté à quitter la galerie en s'appuyant à la paroi. À plusieurs reprises, elle tomba dans les flaques de la grande caverne. Enfin, elle put s'effondrer au volant de sa voiture. Elle venait de comprendre le sens de ce mot si familier sous sa plume : traumatisée. Quand elle réussit à démarrer, la radio se mit simultanément en marche :

— Oui, ici Quentin Davoine. Eh bien, c'est un spectacle d'apocalypse que j'ai sous les yeux. Le siège de la MC qu'on comparait parfois à un bunker s'est littéralement plié en deux. Je vais d'ailleurs devoir quitter les lieux car on redoute d'autres explosions.

— La thèse de l'attentat antimondialiste est-elle confirmée ?

— Écoutez, pour le moment, on se contente de faire le lien avec ce qui s'est passé cet après-midi à Mondioland. Il est toujours question de deux jeunes femmes qui auraient eu des complices à l'intérieur du bâtiment.

Les yeux au loin, madame de Molenne éteignit la radio et poursuivit sa route.

Quand elle fut de retour dans sa chambre, la vue de Bubulle aplati sous le fauteuil la fit éclater en larmes. C'était trop. Pourtant, elle parvint à se dominer en faisant quelques lentes respirations abdominales. Mais quand le téléphone sonna, elle poussa un hurlement. Bubulle, en train de s'extirper de sa cachette, fila de nouveau se scotcher à la plinthe.

— Maman ? fit une voix désinvolte au téléphone. J'appelle tard, non ?

Madame de Molenne tremblait de la tête aux pieds.

— Je suis contente de t'entendre, mon chéri, bredouilla-t-elle. Ça va ?

— Super. Je suis dans une cabine téléphonique, toujours en Suisse. Je pense que je… que je vais revenir cette nuit. Mais ce n'est pas la peine de m'attendre. J'arriverai au petit matin.

— Sois bien prudent, chuchota madame de Molenne.

— Pas de problème et… au fait, ça ne t'ennuie pas si je reviens avec une amie ?

Jean-Hugues gardait un ton léger de jeune homme qui s'émancipe.

— Une amie ? répéta madame de Molenne, redoutant le pire.

— Oui… Oh, mais d'ailleurs, tu la connais. Natacha Durand !

CHAPITRE XIV

UNE BELLE FILLE PEUT-ELLE ÊTRE UNE BELLE-FILLE ?

Jean-Hugues n'avait guère l'habitude de conduire. De nuit et au volant d'une voiture volée, il n'était pas précisément à l'aise. Il avait eu la chance de passer devant un petit poste de douane désert avant que les barrages de police se mettent en place. Désormais, il roulait vers les Quatre-Cents, emportant Natacha dans le coffre. Il savait qu'elle ne souffrirait pas du voyage. Elle s'était mise en veilleuse.

Quand il fut à quelques kilomètres de son appartement, il prépara le discours qu'il allait servir à sa mère. Il présenterait Natacha Durand comme sa petite amie. Il ferait part de leur projet commun de louer un studio. Tandis qu'il cherchait ses mots, il s'aperçut qu'il n'avait jamais eu jusqu'à ce jour l'intention de quitter sa mère.

Il se gara dans une ruelle sombre et ouvrit le coffre de la voiture. Natacha s'en extirpa, aussi impeccablement coiffée et maquillée qu'une actrice hollywoodienne jouant Jane de la jungle.

Quand il fut devant son immeuble, Jean-Hugues vit que la lumière était allumée.

Madame de Molenne avait fini par s'endormir tout habillée. Bubulle, confortablement installé dans un repli de la couette, digérait ses kilowatts. Le bruit de la clef dans la serrure fit se redresser madame de Molenne. Bubulle bondit en l'air en poussant un « couine couine » d'excitation. Il sentait la présence d'un autre virtuel.

— Maman ! appela Jean-Hugues d'une voix incertaine.

Madame de Molenne sortit de sa chambre, une main sur son front migraineux.

— Je suis désolé d'arriver si tôt…

Jean-Hugues voulut embrasser sa mère mais elle le repoussa en dévisageant Natacha.

— Maman est une alliée ? questionna Natacha.

Bubulle était arrivé sur les talons de la boss et il faisait de ridicules petits bonds en couinant. Jean-Hugues eut l'impression que la situation était un peu confuse. Il se tourna vers Natacha pour la rassurer :

— Maman est très gentille.

Puis il revint vers sa mère :

— Ça ne t'ennuie pas si Natacha t'appelle « maman » ? Elle est très spontanée.

— Maman est une alliée ? répéta Natacha de sa voix robotisée.

Pendant ce court échange, Bubulle faisait un barouf de tous les diables, dans l'espoir que Natacha le prendrait dans ses bras.

— Ne te fatigue pas, Jean-Hugues, dit madame de Molenne. Je connais la vérité.

— Quelle vérité ? s'étonna le jeune homme.

— Pour Joke et Bubulle et Natacha. Ils fonctionnent à l'électricité.

— Oui, un peu, admit Jean-Hugues. De toute façon, il vaut mieux que je cherche un studio pour Natacha et pour moi. On finirait par te gêner.

Madame de Molenne jeta un regard épouvanté sur son fils et la créature à ses côtés.

— Tu entends ce que tu dis ?

Elle avait crié. Natacha braqua sur elle son dégomlaser en faisant *pwijj pwijj* comme un enfant qui joue à la guerre. *Couine*, *couine*, s'obstinait Bubulle.

— Mais il va la fermer ! s'énerva Jean-Hugues en tapant du pied sous son museau pour le faire déguerpir.

Natacha attrapa le petit dragon et l'écrasa entre ses seins d'un air de défi. Madame de Molenne fit quelques respirations abdominales et parvint à se calmer.

— Dis-moi seulement une chose, Jean-Hugues.

Elle baissa la voix jusqu'à être à peine audible :

— Elle a tué ?

— Mais c'est pas sa faute ! C'est un robot. Elle ne fait qu'obéir à Alias.

— Et c'est qui, celui-là ?

Jean-Hugues grimaça. Il aurait été content de le savoir.

— C'est quelque chose dans mon ordinateur.

Il jeta un regard intrigué sur le petit dragon qui faisait entendre un faible ronron de réfrigérateur. Natacha, immobile, était en train d'enregistrer les dernières données concernant l'alliée maman.

— La voiture ! s'exclama soudain Jean-Hugues.

Il devait la cacher. Avec sa plaque d'immatriculation suisse, la voiture volée allait attirer l'attention.

— Tu n'as qu'à la garer dans la carrière, lui suggéra madame de Molenne. Il y a déjà Joke mais…

Mais son fils semblait habitué à ce genre de créature. Il acquiesça aussitôt et fit un pas vers la sortie.

— Tu ne l'emmènes pas ? s'écria sa mère en lui montrant Natacha.

— Elle va rester tranquille. Si elle se reconnecte, dis-lui seulement que maman est une alliée et si elle me réclame, tu lui réponds que Jean-Hugues est allé au niveau suivant mais qu'il va revenir terminer la partie.

Madame de Molenne, affolée comme devant une notice de jeu vidéo, répéta fébrilement :

— Maman va se reconnecter au niveau suivant et Jean-Hugues… Jean-Hugues quoi déjà ?

Le jeune homme hocha la tête :

— Fais un effort, maman.

Quand son fils fut parti, madame de Molenne se mit à marcher sur la pointe des pieds pour ne pas sortir Natacha de sa somnolence.

— Maman est mon alliée, fit brusquement la golémette.

Madame de Molenne poussa un cri en portant la main à son cœur. Puis elle se mit à déverser un flot de paroles angoissées.

— Oui, oui, on est alliées. Je suis la maman de Jean-Hugues, alors, vous pensez comme on va bien s'entendre ! Vous avez fait bon voyage ? Je suis allée en Suisse avec mon mari, mais je vous parle de ça, il y a bien quinze ans. Ça a dû beaucoup changer. Vous ne voulez pas vous asseoir ? J'allais faire du café. Si vous en voulez ? Ah non, je suis bête ! Il y a une prise de courant juste derrière vous.

Natacha laissa passer un silence. Fallait-il enregistrer toutes les données fournies par l'alliée maman ?

— Jean-Hugues ? dit-elle simplement.

— Il est allé... chercher des croissants. Heu, non, au niveau suivant. Garer la voiture. Vraiment, vous ne voulez pas un peu de courant ?

En fait, le courant passait mal.

— Où est Jean-Hugues ? répéta Natacha en pointant le dégom-laser sur madame de Molenne.

— Faites attention avec votre machine. Vous allez blesser quelqu'un. Il y a d'autres façons d'exprimer son agressivité, vous savez. Vous devriez davantage verbaliser.

— *Pwijj*, *pwijj*, fit Natacha.

— C'est déjà un début, l'encouragea madame de Molenne.

Au fond, Natacha ressemblait à certains enfants perturbés que madame de Molenne soignait. Précipitamment, elle sortit des feuilles blanches et des feutres.

— Tenez, dit-elle. Vous n'avez qu'à faire un beau dessin pour Jean-Hugues quand il reviendra.

Natacha s'assit devant la table, Bubulle dans son giron. Elle posa le dégom-laser et prit le crayon :

— *Pwijj*, *pwijj*, fit-elle en le pointant vers madame de Molenne.

— Non, pas comme ça.

Avec des gestes prudents, elle prit le crayon des mains de Natacha et dessina un bonhomme.

— Voilà. Dessinez-moi Alias.

— Alias est mon maître, répondit Natacha en s'emparant du crayon.

— C'est toujours dangereux d'abdiquer son libre arbitre…

Elle se tut, fascinée. Natacha était en train de couvrir la feuille de lettres et de chiffres sans même regarder ce qu'elle faisait :

AG/ 4215 : WJ

LT.DOC. 576

IHGHTO/BN.DOC

A/6758439

ST.DIC/EM12

@JDR / 25895632 FS

« Elle est un peu limitée, songea madame de Molenne. Mais au moins, elle sait s'occuper. » Elle-même en profita pour aller se faire du café. Quand elle revint, toute la feuille était couverte de lettres et de chiffres, et Natacha, le regard fixe, répétait : « Jean-Hugues, Jean-Hugues, Jean-Hugues. »

— Il arrive, il arrive, chantonna madame de Molenne. Il va être rudement content quand il verra le beau… hum, dessin que vous lui avez fait !

— Où est Jean-Hugues ?

— Mon Dieu, qu'elle est fatigante, soupira madame de Molenne.

Jean-Hugues était dans la carrière abandonnée. Il y avait garé la voiture et, à présent, il s'enfonçait dans la galerie à la recherche de Joke. Il ne l'avait pas revu depuis leur rencontre dans la cave et il n'en avait pas gardé un bon souvenir.

Joke était collé à la paroi, comme une sorte de substance visqueuse et transparente. Madame de Molenne l'avait nourri récemment, mais ses besoins en électricité étaient effrayants. Sa curiosité satisfaite, Jean-Hugues se dépêcha de tourner les talons.

Une fois à l'air libre, il se rappela ce que prétendait Samir : Joke et Lulu étaient connectés. Si l'un s'affaiblissait, l'autre à son tour perdait sa force. Jean-Hugues songea que la petite Lulu s'était sans doute affaiblie, ces jours-ci. Où était-elle, déjà ? Ah oui, à l'hôpital. Le jeune homme aurait dû retourner dans la carrière et nourrir Joke avec la batterie de la voiture volée. Mais l'égoïsme des amoureux lui fit prendre le pas de charge. Puis il courut en martelant le sol. NA-TA-CHA-NA-TA-CHA...

— Natacha ! cria-t-il en poussant la porte.

— Tout va bien, elle a été sage, lui assura madame de Molenne.

La golémette s'avança vers Jean-Hugues et lui tendit une feuille.

— Natacha a fait un beau dessin pour Jean-Hugues, dit-elle.

Jean-Hugues y jeta un coup d'œil étonné :

GBH.DOC// 25487269

OWW / 4785 : GKOIR

— Dis-lui que c'est beau, chuchota madame de Molenne.

— Hein ? oui, très... C'est très beau, Natacha.

LST.DOC/12588795

EMM806/ STZ

MRSTT : 12587958

Jean-Hugues fronça les sourcils. Quelque chose dans tout ce fatras lui faisait signe, mais il ne savait pas quoi.

— Elle n'a rien voulu manger, dit madame de Molenne.

— Manger ? s'affola Jean-Hugues. Mais il ne faut rien lui donner à manger !

Madame de Molenne articula silencieusement : « Électricité. »

Jean-Hugues se mit à rire :

— Non, non, elle n'en a pas besoin. Joke ou Bubulle, ce sont des bugs. Ils doivent sans arrêt se recharger. Mais elle…

Il lui sourit.

— Elle est opérationnelle.

Et on voyait que cela signifiait : elle est merveilleuse. De nouveau, il examina le « beau dessin » et le déclic se fit.

— Maman, c'est codé. C'est un message !

Mais il n'eut pas le temps de s'expliquer davantage. On sonnait à la porte d'entrée.

— Tu attends quelqu'un ? chuchota madame de Molenne.

Jean-Hugues fit lentement non de la tête. On sonna de nouveau. Plusieurs coups précipités. Qui était là, ennemi ou allié ? Jean-Hugues entrouvrit la porte…

CHAPITRE XV

ÇA SE PASSE COMME ÇA CHEZ MC

Se ressaisir ! C'était le mot d'ordre à la MC après l'explosion du bunker.

Se faire un maximum de tunes dans un minimum de temps ! C'était celui de Bernard Martin-Weber. Le gérant du Mondiorama des Quatre-Cents avait été invité avec d'autres cadres dans les somptueux locaux de la multinationale à La Défense et il regardait férocement autour de lui, en se demandant sur quels pieds marcher pour accéder à une meilleure place dans le groupe MC.

Soudain, il reconnut dans l'assemblée Alicia, la femme aux stricts cheveux gris, qui avait inspecté son magasin et l'avait terrorisé. Il la salua aimablement et son sourire s'agrandit encore quand il découvrit sur son badge bleu son nom au complet : il comprenait pourquoi Alicia tenait tant à se faire appeler par son seul prénom.

— Bonjour, mademoiselle Raduku, lança-t-il, la voix sonore.

— Radoukou, le reprit-elle, le ton glacial. Le *u* se prononce *ou*.

— Ah ?... Je crois que ça commence, excusez-moi.

— Les badges bleus, par ici, s'il vous plaît ! appela une hôtesse.

BMW sentit son cœur accélérer comme ses clients lorsqu'au grattage d'un coupon doré remis à la caisse ils voyaient apparaître les deux lettres : GA... Il avait un badge bleu ! Il remarqua tout de suite qu'ils n'étaient plus qu'une dizaine à suivre l'hôtesse à travers une enfilade de salons. Alicia Raduku était la seule femme.

BMW n'était pas au bout de ses surprises. On le fit passer avec les autres sous un portique dont la sonnerie se déclencha. Il dut vider ses poches et remettre ses clefs et son coupe-ongles à un vigile planté devant un écran de contrôle. Puis il entra dans la salle du conseil d'administration de la MC. Sous un lustre monumental se trouvait une table ronde non moins monumentale, verte comme un billard et frappée en son centre du sigle MC.

— Prenez place, monsieur, lui suggéra l'hôtesse.

Devant chaque siège, il y avait sur la table un petit écriteau. BMW put lire : « Herman Frankenboof MC Food », « Alicia Raduku MC Supermarkets », « Georges-Alain de la Pétaudière MC Oil » ou encore « Pr Takamaté MC Research ». BMW tourna autour de la table jusqu'à apercevoir un carton au très banal énoncé : « Bernard Martin-Weber ». Au moment où il allait s'asseoir, il eut un sursaut de frayeur. L'écriteau voisin indiquait : « William ». Le patron de la MC allait s'asseoir à côté de BMW ! Pour juguler la panique qui montait en lui, le gérant du Mondiorama se mit à compter les fauteuils. Treize. Il se racla la gorge.

Deux des fauteuils étaient vides, celui de monsieur William et le fauteuil suivant.

Le silence se fit dans la salle dès que tout le monde fut assis et chacun chercha à se donner une contenance, en feuilletant son bloc-notes ou en chassant une poussière de l'immaculé sous-main en cuir vert bouteille.

Le porte s'ouvrit de nouveau et laissa entrer un homme aux cheveux grisonnants, si anodin qu'il en rendait toute description impossible. Pourtant, tout le monde se souleva légèrement de son fauteuil pour le saluer.

— Monsieur William vous prie de l'excuser, fit Orwell en rendant son salut à l'assistance. Il aura sans doute un peu de retard.

Il s'assit à la place laissée vacante à côté de monsieur William.

— Mais nous pouvons commencer sans lui, reprit-il.

Tout le monde acquiesça.

— Je souhaite voir avec chacun de vous la situation de sa division.

Disant cela, Orwell regardait fixement Herman Frankenboof. Le président de la MC Food démarra au quart de tour :

— Comme vous le savez, monsieur Orwell, il s'ouvre un MC Quick toutes les cinq heures quelque part dans le monde.

— Un adolescent américain sur quatre est obèse grâce à nous, dit froidement Orwell. Et nous avons bon espoir de parvenir au même résultat en France d'ici cinq ou six ans.

Ce genre de remarque était faite naguère par monsieur William et tout le monde en riait. Aucun dirigeant MC ne sut comment réagir aux propos d'Orwell. Celui-ci ajouta :

— Quand ces jeunes seront adultes, nous devrons faire face à un réel problème de santé publique.

Après quelque hésitation, BMW prit un air consterné. Orwell eut un petit rire sardonique :

— Mais nous avons trouvé la parade. Où en sont vos recherches sur la pilule qui fait maigrir, professeur Takamaté ?

— Nous en sommes aux premiers essais sur les hommes, répondit le professeur.

En réalité, il s'agissait d'enfants. Une cinquantaine d'orphelins du Bondebarwa en Afrique noire, qu'on avait kidnappés, puis engraissés pour la cause.

— Nous voulons nous assurer de la totale innocuité du produit avant sa mise sur le marché, expliqua le professeur Takamaté.

— C'est toujours prévu pour l'an prochain ? le bouscula Orwell.

— Heu... oui... Le temps de diminuer les effets secondaires du médicament.

Entre autres effets secondaires, il y avait eu le décès de dix orphelins.

— Et vous, la Pétaudière, poursuivit Orwell, vous avez calmé vos écolos ?

La MC avait implanté une usine pétrochimique entre une maison de retraite et une école maternelle. Les écolos prétendaient que l'usine pouvait exploser.

— Il faudrait faire des concessions, observa la Pétaudière.

— Absolument, l'approuva Orwell. Faites repeindre les panneaux « ZONE DANGEREUSE ».

Puis il se tourna vers un homme au teint de brique et aux veines si saillantes qu'on s'attendait qu'elles éclatent d'un instant à l'autre.

— Pas de nouveaux problèmes avec nos fournisseurs, sir Andrew Slash ?

— On a un peu serré les coûts, répondit Slash. Ça nous met la journée du travailleur à moins de un euro et la paire de MC Air à cent vingt et un euros.

Il eut un gros rire et lâcha :

— On s'en sort !

Les enfants de 10 ans qui fabriquaient les MC Air dans les lointaines usines du Tadboukistan ne risquaient pas de réclamer une augmentation.

— Et l'usine qui a pris feu ? hasarda Alicia.

Un incendie s'était déclaré dans un de ces entrepôts insalubres où travaillaient les enfants, faisant douze morts et quarante blessés.

— Nous avons assuré les familles de notre compassion, répondit Slash.

— Au fait, susurra Orwell, j'aimerais que vous nous disiez, mademoiselle Raduku…

— Radoukou, le reprit-elle respectueusement.

— Qu'avez-vous prévu pour remplacer notre ligne de produits Prout ?

Les pots de pâte à prout avaient été interdits à la vente dans presque tous les pays.

— Nous allons lancer les Dégueulosses, répondit Alicia avec un enthousiasme de commande. C'est un produit *djeun* et *cool* !

Elle sortit de son sac deux petits personnages en plastique, un verdâtre qui vomissait sur lui et un marronnasse accroupi dans une position sans équivoque.

— Ils seront partout, assura Alicia. En jeu vidéo, en dessin animé, en figurines et en cartes à échanger. Les enfants vont adorer.

— Les parents vont détester, répliqua BMW.

— Excellent ! s'écria Alicia. Ce sera notre slogan. « Vos parents vont détester. » Très cool.

Mais Orwell ne semblait guère séduit par les deux prototypes en plastique.

— Je parlerai de votre projet à monsieur William, mademoiselle Raduku.

— Radoukou. Le *u* se prononce *ou*.

— On s'en *fut*, répondit Orwell.

BMW se crut autorisé à rire aux éclats. Raduku était cuite et les Dégueulosses aussi. Martin-Weber sentit alors sur lui le regard d'Orwell et il s'empressa de prendre un air djeun et cool. « Belle tête d'abruti », songea Orwell.

— Messieurs, dit-il, rayant Alicia de la carte, messieurs, la MC vient de traverser une terrible épreuve avec l'explosion de son siège à Gruyères. Ne nous le cachons pas, nous sommes la cible privilégiée des terroristes. Mais nous savons, messieurs, que la MC n'a jamais été plus puissante...

Le regard d'Orwell flamboya à la pensée de l'ordinateur bleu électrique qui était désormais sa propriété. De maigres applaudissements saluèrent sa sortie.

Une fois seul dans son bureau, Orwell caressa le clavier de l'ordinateur bleu électrique. L'écran de veille se ranima et afficha l'ordre : `Entre ton nom.` Orwell inscrivit `Caliméro` tout en sachant très bien ce qui allait se passer. Le nom du joueur lançait le jeu Golem. Mais c'était le jeu tel qu'Albert l'avait conçu et rien d'autre.Comment faire pour que les virtuels crèvent l'écran ? Orwell avait peur d'une trahison s'il livrait l'ordinateur à ses experts. Il n'avait d'ailleurs parlé à personne du phénomène, pas même aux hommes du Mondial Investigation Bureau, et il voulait faire taire tous ceux qui savaient quelque chose.

Restait Albert. On n'avait pas retrouvé son corps dans les décombres du bunker. Si quelqu'un pouvait tirer quelque chose de cet ordinateur et de ce jeu, c'était lui. Mais comment remettre la main sur le jeune informaticien ? Un mauvais sourire étira les lèvres d'Orwell. Nadia Martin était en son pouvoir. Nadia Martin était liée à Albert. De quelle nature était ce lien ?

Le petit voyant rouge de l'Interphone se mit à clignoter et la voix lointaine d'une secrétaire se fit entendre :

— Monsieur Orwell ?

Orwell répondit d'un « oui ? » menaçant. On ne devait le déranger que pour une affaire d'importance.

— Il y a quelqu'un qui souhaite vous parler de… de Caliméro, balbutia la secrétaire.

Orwell tressaillit.

— Qui est cette personne ?

— Monsieur Albert ! lança une voix mâle dans l'Interphone.

Un frisson de joie haineuse secoua Orwell. Albert venait donc de lui-même se livrer à la MC. « Il est amoureux de Nadia Martin », songea Orwell en un éclair. Alors, ce serait donnant, donnant : le secret de Golem contre la fille.

CHAPITRE XVI

ALIAS@GOLEMSEQ12PNJ

Deux hommes se dévisageaient de part et d'autre d'un bureau. Deux hommes qui auraient aimé en venir aux mains tant ils se haïssaient.

— Alors, vous n'êtes pas mort ? dit Orwell.

Albert se contenta de hausser les épaules. Non seulement il était bien vivant, mais lui, l'éternel fugitif, il avait pu changer de vêtements.

— Vous savez où est Nadia Martin ?

D'après les médias, on la recherchait toujours. Orwell regarda Albert bien au fond des yeux, là où brûlait le feu. Amoureux, oui, cet imbécile était amoureux. Orwell prit le temps de sourire.

— Je sais peut-être quelque chose, reconnut-il.

Les mains d'Albert se crispèrent si violemment autour des bras du fauteuil que leurs jointures en devinrent blanches.

— Moi aussi, je sais quelque chose.

— Alors, donnant, donnant, ricana Orwell.

— Prouvez-moi d'abord que vous détenez Nadia.

— Vous tombez bien. Mademoiselle Truchaux m'a donné de ses nouvelles, ce matin.

Orwell sortit une photo d'un dossier et la poussa vers Albert. On y voyait Nadia assise sur une chaise, les épaules basses, l'air hébété. Debout derrière elle et la dominant de son mètre quatre-vingts, une femme tenait grand ouvert un journal. La manchette était consacrée à l'effondrement des cours de la MC. Le cliché était donc récent et montrait la malheureuse Nadia en piteux état.

— Qu'est-ce que vous lui avez fait ?

Le méchant sourire d'Orwell s'épanouit d'aise.

— Votre amie a été un peu secouée par les événements et la MC lui offre une cure de repos. Mademoiselle Truchaux lui est toute dévouée.

La femme qui semblait écraser Nadia de sa pétulante santé avait une curieuse tenue faite d'une robe longue au tissu épais et d'un voile lui retenant les cheveux. Était-ce une nurse à l'ancienne ou une religieuse ? Quelle que fût sa vocation, elle souriait de toutes ses dents. Albert rendit la photo à Orwell en maugréant :

— Pas mon genre.

Mais la photo avait fait son petit effet. Albert avait peur pour la santé mentale de Nadia.

— Je sais ce qui s'est passé dans mon ordinateur, dit-il avec le ton d'un homme résolu à tout révéler.

Orwell se laissa aller dans son fauteuil et prit un air distrait. Albert lui rappela d'abord ce qu'était Alias : un système de sécurité conçu pour défendre la MC contre toute intrusion. Alias avait pour mission de surveiller tout ce qui se faisait dans le bunker de la MC. Il avait donc un droit de regard sur Golem, le jeu qu'Albert mettait au point sur son ordinateur bleu électrique.

— La MC m'a demandé de mettre dans ce jeu des images subliminales. Mais cette décision prise au plus haut niveau n'a jamais été communiquée à Alias.

Quand, en secret, Albert avait installé le message subliminal : « Achetez la pâte à prout Mondialo », Alias s'était senti attaqué, attaqué de l'intérieur. L'ennemi, c'était la MC elle-même. Voilà pourquoi il avait détruit le bunker avec l'aide de Natacha.

— C'est bien gentil, tout ça, coupa Orwell. Mais ça n'explique rien. Comment se fait-il que les personnages de Golem sortent de votre ordinateur ? C'est VOTRE ordinateur, c'est VOTRE jeu.

— Connaissez-vous la légende du Golem ? questionna Albert.

Orwell fit un signe vague de la main et Albert poursuivit :

— Au XVIe siècle, dans le ghetto de Prague, le rabbin Loeb décida de se créer un serviteur en le façonnant dans de l'argile. Il traça sur son front le mot EMET, « vérité » en hébreu, et lui donna la vie. Mais le Golem ne cessa plus de grandir et il dévasta le ghetto. La créature avait échappé à son maître. Il m'est arrivé la même chose qu'au rabbin Loeb. Golem m'a échappé…

Orwell lâcha un petit rire.

— C'est ridicule.

Un tremblement de colère parcourut Albert. Mais il n'avait pas d'autre choix que de convaincre Orwell.

— Cela peut vous paraître absurde, Orwell, mais Alias a atteint un tel niveau d'intelligence qu'il a pu s'emparer de mon jeu pour abattre la MC. Il y avait une nette ressemblance entre sa condition d'esclave à votre service et celle du Golem. Mais il y a une différence entre vous, Orwell, et le joueur. Une différence que j'ai programmée. C'est que le joueur n'est pas le véritable maître du Golem, il est au contraire son allié et il joue pour lui gagner sa liberté. Alias a donc contacté le joueur qui possédait mon ordinateur, Jean-Hugues de Molenne. Alias a fait de Molenne son allié, celui qui peut lui gagner sa liberté. « Caliméro » est le pseudo de Jean-Hugues et c'est le mot de passe pour faire sortir le Golem.

Orwell jeta un sombre regard à l'ordinateur bleu électrique. Cent fois il avait tapé le mot sur le clavier.

— Ça ne marche pas, dit-il.

— Ça ne marche pas parce que Natacha est sortie de l'ordinateur. Mais ça marchera si nous fabriquons un autre golem.

Orwell ne put masquer un intérêt accru. Par-dessus son bureau, il se pencha vers Albert :

— Quel autre golem ?

— À vous de décider.

Orwell se renversa dans son fauteuil, plus gonflé que jamais de puissance mégalomane. Un golem, un golem de son choix, un golem dont il serait le maître !

Albert avait demandé un endroit calme pour travailler sur l'ordinateur bleu électrique. Il se retrouvait dans une sorte de cellule éclairée au néon. Une caméra braquée sur lui en permanence enregistrait tous ses faits et gestes.

— Je vais me faire passer pour Caliméro et tenter de contacter Alias, avait-il expliqué à Orwell, sans vouloir lui en dire davantage.

Avant de le laisser s'installer dans sa prison, Orwell l'avait fait fouiller.

« Heureusement, songea Albert, qu'il n'existe pas de méthode pour fouiller le cerveau. » Car il avait mémorisé ce qui devait l'aider à contacter Alias : le beau dessin de Natacha.

Après s'être échappé du bunker, Albert était revenu aux Quatre-Cents. Il avait sonné à la porte des Molenne et il avait eu le soulagement de revoir Jean-Hugues vivant. Le jeune prof lui montra alors ce que Natacha avait écrit et qu'il venait de déchiffrer. En apparence, il s'agissait d'une suite de lettres et de chiffres sans signification, imitant quelque langage informatique. Mais il suffisait de prendre la première lettre de chaque ligne pour lire en acrostiche le message suivant : `ALIAS@GOLEMSEQ12PNJ`. Albert avait tout de suite compris qu'Alias donnait rendez-vous au joueur @ Golem, c'est-à-dire dans le jeu.

Albert ferma les yeux un instant, les mains sur le clavier. Constamment sous le regard d'Orwell, il allait devoir jouer serré. Il tapa le mot de passe qui lançait le jeu. `Caliméro`. Le petit guerrier casqué, botté, scintillant apparut sur l'écran. Il fit tournoyer au bout d'une chaîne une boule dorée hérissée de piquants tandis qu'une voix profonde fredonnait : « Golemmm ». C'était la première séquence du jeu conçu par Albert.

Le jeune informaticien connaissait par cœur les étapes suivantes et il parvint sans encombre à la séquence 12. `SEQ12PNJ`. Albert était dans Golémia, capitale d'heroic fantasy où se côtoyaient des chevaliers, des sorcières, des elfes et des dragons. Restait à trouver ce que les spécialistes appellent dans leur jargon un PNJ, un personnage non joueur programmé par le jeu. La séquence 12 était située place Taliva, un jour de marché. Les personnages étaient nombreux, marchands, voleurs et voyageurs.

Dans cette séquence, le joueur devait s'adresser à un PNJ, une sorcière sur laquelle on cliquait et qui indiquait son chemin au petit guerrier sous forme d'énigme. Albert la fit parler puis, connaissant la réponse à l'énigme, il se rendit à l'auberge du Bec d'Or où il fut attaqué. De piège en combat, le guerrier arriva bientôt à la séquence 37 devant le château où l'attendait le golem à l'état de pixels. Albert comprit alors qu'il avait fait fausse route et qu'il devait revenir à la séquence 12. C'était là et nulle part ailleurs qu'il avait rendez-vous.

La situation dans laquelle il se trouvait, prisonnier consentant, le fit craquer un moment. Il ferma les yeux de lassitude. Il avait cru avoir la solution. Ne s'était-il pas trompé ? Il rouvrit les yeux et parcourut l'arène du regard. Soudain, il eut la sensation de jouer au jeu : cherchez l'intrus. Dans ce décor qu'il connaissait parfaitement, quelque chose avait changé. Il s'appliqua alors à l'examiner centimètre carré par centimètre carré.

— Bingo, murmura-t-il entre ses dents.

Entre un arbre et un mur, il y avait un tout petit personnage qu'Albert n'avait pas créé, une sorte de gnome avec barbe et bonnet, tenant un arrosoir à la main. PNJ : personnage nain de jardin ! Alias aimait les jeux de mots. La flèche du curseur était devenue une main. Il suffisait de cliquer sur le nain. Celui-ci allait-il s'animer, parler ? Trahirait-il le secret d'Alias ? Albert jeta un regard furtif à la caméra qui le filmait. Puis, prenant l'air maussade du joueur qui va se planter pour la énième fois, il cliqua. Le décor disparut et sur l'écran s'afficha une suite de chiffres et de lettres.

```
JLD.DOC/ FTC12478
EMHX/@DE468597-125XXXNBFAI2835
SJOED : VTH2579845
UST.DOC/EHO12587489859584 84/585854
IJFJQOAU.COMEJDJE
SFJEIDJ.DOC/DJEIFJHGZ9UHFA9
AJFJQIAHGUINGOER.IUDFHJ/
LFJPAIGPA94JOAJFT0958/JKFAO8TO21
INDIOAUR298/JFA9759827NCFQAOZ75982
AVNQSOTU9823HGF034/JA098T6K
SV ?AE4O9T8BNCVQOIUHGTNVLOAJUIT84
```

Albert se sentit devenir et brûlant et glacé. Alias se présentait sur l'écran : « Je suis Alias. » Cet être inconcevable était là, prêt à dialoguer. Il suffisait de lui répondre de la même façon à la verticale en cachant le message derrière un jargon de simili informatique. Albert prit cette fois-ci l'air concentré du professionnel cherchant à percer les secrets d'un ordinateur et il se présenta à son tour : « Je suis Caliméro », toujours sous forme d'acrostiche. Combien de temps l'informaticien et la machine pourraient-ils discuter de cette façon sans éveiller les soupçons d'Orwell ?

La nuit venue, allongé sur sa couchette, Albert récapitula ce qu'il avait appris. Alias le prenait bien pour son allié. À la question : « Que veut Alias ? », la réponse était venue s'afficher : « Détruire la MC. » Alias avait compris que détruire le bunker de Gruyères et tuer monsieur William ne suffisaient pas. La MC existait toujours dans le monde virtuel et dans le monde réel. Alias voulait sa liberté et il avait les moyens d'abattre la MC. Il pouvait s'introduire dans tous les systèmes informatiques de la multinationale et y déposer ces bombes que sont les virus, il pouvait pirater les sites des entreprises du groupe, détourner l'argent des banques, faire s'effondrer les cours en Bourse, déclencher une crise économique, mettre des millions de gens au chômage et renverser des gouvernements !

La MC avait engendré un adversaire à sa démesure. Alias avait en lui les germes de la folie d'Orwell et aucune notion de la souffrance humaine. Mais dans la partie qu'il engageait contre la MC, Alias faisait confiance à son allié. À la question posée par Albert-Caliméro : « Puis-je gagner un autre golem ? », la réponse avait été :

ODFNAOUI45788@QHJOIFY28JFAO95J
U/VAOIANFL/.65698AOI475F2JH
IFNAOIUT20.DOCVJJZO818534J58/AIUYT

Au petit matin, Albert reçut la visite d'Orwell.

— Avez-vous contacté Alias ?

— Ça n'est pas si simple, répondit prudemment Albert.

— Si je vous faisais parvenir une phalange ou une oreille de Nadia Martin, est-ce que cela stimulerait vos recherches ?

Orwell faisait son offre comme s'il s'agissait d'une bouteille de whisky ou d'une boîte de cigares. Albert le savait capable de découper Nadia morceau après morceau. Il capitula :

— J'ai contacté Alias.

— Bien, très bien, approuva Orwell. Et nous allons pouvoir paramétrer un nouveau golem ?

Sans répondre, Albert revint à la séquence 37 de son jeu et il entra dans le château où le golem attendait d'être éveillé à la vie. Albert cliqua sur une tache blanche qui semblait maculer un tapis. Aussitôt, le tas de pixels frémit. Lentement, il se modela et prit l'apparence du petit golem boudiné et farineux. Dans un bruit de machine à écrire, le message apparut : `Entre le nom de ton golem`. Albert releva la tête vers Orwell :

— Qu'est-ce que je mets ?

— B comme Bertrand, M comme Martin et W comme Walter…

— BMW ?

Dès que les trois lettres furent entrées, une fiche signalétique se déroula du haut en bas de l'écran.

```
COULEUR DES YEUX
COULEUR DES CHEVEUX
COULEUR DE LA PEAU
LONGUEUR ET COUPE DES CHEVEUX
TAILLE
POIDS
```

et ainsi de suite.

— Qu'est-ce que je mets ? répéta languissamment Albert.

— Si je vous donne les paramètres d'une personne réelle, croyez-vous que le golem les reproduira ?

La question laissa Albert sans voix. Son jeu ne prévoyait pas cette éventualité. Orwell lui mit une disquette sous le nez.

— Hier, le conseil d'administration de la MC est passé sous un portique. Chaque personne a été scannée. Je veux donner à mon golem l'apparence de Bernard Martin-Weber.

Albert secoua la tête comme s'il jugeait la chose irréalisable. Mais il entra la disquette dans l'ordinateur. Les différents noms du conseil d'administration apparurent à l'écran. Albert réprima un sourire. Tout, oui, TOUT le conseil d'administration avait été scanné.

— Sélectionnez BMW, ordonna Orwell.

Ce que fit Albert. Et sous ses yeux ahuris, le petit golem farineux prit l'exacte apparence d'un cadre en costume cravate. C'était la reproduction fidèle du gérant de Mondiorama, à un détail près. Orwell se pencha vers l'écran :

— Qu'est-ce que c'est que ce machin sur le front ?

— EMET, répondit Albert placidement. C'est la marque de fabrique. L'équivalent de « *made in China* ».

Orwell fronça les sourcils de mécontentement. Sur l'écran, un parchemin se déroula, portant les mentions suivantes :

INTELLIGENCE
CARACTÈRE
POUVOIRS
QUALITÉS

— Il est con, fit Orwell.

Albert colla au golem un QI de 80.

— Sans pouvoirs et sans qualités, débita Orwell. Pour le caractère…

Il n'hésita qu'une seconde :

— Mettez « djeun et cool ».

Albert fit un signe de tête. En réalité, son jeu ne pouvait pas intégrer de telles « qualités ». Sous prétexte de réglages, Albert reprit le dialogue avec Alias et l'initia au verlan.

À la fin de la journée, le golem BMW con, djeun et cool était prêt à l'emploi. « Quel emploi ? » se demanda Albert en s'étendant sur sa couchette. Tandis que les ombres de la nuit envahissaient sa cellule, il entrevit le monstrueux projet d'Orwell. Mettre des golems à la place des vivants. Le crime parfait, tout simplement.

CHAPITRE XVII

CI QUOI, CE BIN'S ?

Quand les vannes s'ouvrirent, Aïcha comprit qu'elle se retenait depuis des heures. Les larmes étaient là, stockées derrière ses yeux. À présent, elles jaillissaient. Et le réservoir paraissait inépuisable.

Les trois garçons l'entouraient. Aïcha ne sut si elle devait prendre la main de Majid ou la main de Sébastien. Alors, elle agrippa le t-shirt de Samir et sanglota sur sa poitrine.

Il y avait là quatre lits alignés contre un mur blanc, comme dans un sinistre conte de fées. Une chambre d'hôpital qui avait un parfum de prison.

Deux jours passèrent. Aïcha pleura en dormant, pleura en mangeant. Ses yeux ressemblaient à deux grosses éponges rouges. Aussi, dès qu'il le vit, Samir interpella vigoureusement l'inspecteur Eberhardt, de la police helvétique :

— Faut la ramener chez elle, là, m'sieur, parce que ses vieux y vont la tuer.

— Ne vous inquiétez pas, dit Eberhardt. Vos parents ont été prévenus.

— Mais prévenez-les pas ! protesta Samir. Y vont la tuer deux fois !

L'inspecteur jeta un regard déconcerté sur la fillette.

— Il fallait bien rassurer vos parents.

— Mon cousin Moussa il y a été en Suisse, sanglota Aïcha. La police elle l'a mis dans un avion, elle l'a renvoyé à Bamako. Je veux rentrer chez moi. Je veux pas aller à Bamako.

La porte de la chambre se rouvrit. La dame qui entra portait une longue robe verte et une sorte de voile sur la tête. Elle avança vers les enfants à pas invisibles, comme si elle glissait sur le parquet. Elle avait de grands yeux bleus émerveillés et deux incisives plus longues que celles de Bugs Bunny.

— Je suis mademoiselle Truchaux, dit-elle. Je représente la Croix-Rouge.

— Mademoiselle Truchaux est spécialisée dans le soutien aux victimes, ajouta l'inspecteur. Elle va... ben, elle va vous soutenir.

Mademoiselle Truchaux prit immédiatement les deux mains d'Aïcha et lui offrit un sourire de soutien tellement immense, tellement intense, que la petite eut l'impression de s'y engloutir. À présent, Aïcha n'avait plus peur. Elle était terrifiée.

— Monsieur l'inspecteur va vous poser quelques questions, expliqua mademoiselle Truchaux. Vous n'êtes pas obligés de répondre. Si une question vous gêne, vous me faites un petit signe, par exemple de cette façon, en levant le pouce. La question me gêne, je dis : pouce ! D'accord ?

Eberhardt se racla la gorge. La police suisse voulait bien être gentille avec des enfants mais elle avait malgré tout une enquête à mener.

Pour Majid, Samir, Aïcha et Sébastien, l'interrogatoire fut une épreuve pénible. L'inspecteur Eberhardt, lui, s'en souvint plus tard comme d'un des moments les plus difficiles de sa carrière. Il s'était préparé à écouter le récit ennuyeux de mômes lâchés parmi les attractions d'un grand parc. Tours de manège et maisons hantées, petit train et barbe à papa. Or, il avait tout de suite perdu le contrôle de la situation.

Les mômes racontaient tout bonnement n'importe quoi. Heureusement, mademoiselle Truchaux ne perdait jamais son sang-froid.

— Je crois qu'il s'est produit un drôle de mélange dans vos petites têtes, dit-elle de sa voix enjouée. Sébastien, tu es un garçon raisonnable, n'est-ce pas ? Tu sais bien que la sorcière Mondialita n'est pas une vraie sorcière ?

— Ben non. C'est Eddie, mais il a été hypnotisé et…

L'inspecteur fit signe à mademoiselle Truchaux et lui glissa en aparté :

— Le plus probable, c'est que ces enfants ont été drogués. Ils ont perdu tout contact avec la réalité.

Eberhardt ne voulait pas que les délires des enfants apparaissent noir sur blanc dans leur déposition. Car, dans ce cas, ils allaient se retrouver entre les mains du MIB. Sans bien s'expliquer pourquoi, l'inspecteur n'aimait pas, mais pas du tout le MIB.

Le lendemain matin, mademoiselle Truchaux accompagna les enfants à l'aéroport et les installa dans un petit avion, spécialement affrété pour eux. À leur arrivée, ils seraient conduits dans un hôpital de la région parisienne pour des examens complémentaires. Dans l'avion, une charmante hôtesse leur offrit des jouets, des bonbons et des journaux. Craignant que les enfants ne soient pas encore tout à fait remis de leurs aventures, elle leur fit aussi avaler une pilule bleue. « Un calmant », leur dit-elle. Samir remercia bien gentiment. Mais il avait tant vu de médicaments sur la table de Lulu, des médicaments qui ne servaient à rien, qu'il les détestait. Il but le verre d'eau et jeta la pilule sous son siège. Son regard croisa celui de l'hôtesse. L'avait-elle vu ? Elle ne fit aucun commentaire.

Dix minutes plus tard, elle distribua des écouteurs et elle alluma les petits écrans de télévision. Un peu hébétés, les enfants se mirent à regarder les dessins animés. C'étaient des Bugs Bunny. Samir estima qu'il avait passé l'âge et il coupa le son. Par association d'idées, il repensa à mademoiselle Truchaux et voulut en dire un mot à Sébastien. C'est alors qu'il remarqua l'air *stone* de son voisin. Il regardait fixement l'écran. Samir en fit autant et il vit que le dessin animé s'était brouillé. Des formes géométriques se formèrent et se déformèrent sous ses yeux. Il voulut prévenir l'hôtesse. Mais il aperçut alors Majid et Aïcha de l'autre côté. Ils avaient le même air hébété que Sébastien.

Sur l'écran était apparue une spirale noire et blanche qui s'enroulait à l'infini. Pris de vertige et presque de nausée, Samir détourna les yeux mais il remit le son. Dans les écouteurs, sur un fond de musique, un flot de paroles s'écoulait. La MC avait sans doute commis quelques erreurs mais elle avait à cœur de les réparer. La MC faisait en sorte que les heureux gagnants ne conservent pas un trop mauvais souvenir de leur séjour à Mondioland. *Écoute la MC. La MC te dit ce qu'il faut penser…*

Samir reconnut tout de suite l'hôpital à la descente de l'ambulance. C'était celui des Quatre-Cents, celui où Lulu était soignée. Les enfants furent séparés à leur arrivée. Dès qu'il fut seul dans une chambre, Samir alla vers la porte et en tourna la poignée.

— Sur le Coran de La Mecque !

Il était enfermé. De rage, il donna un coup de poing dans la porte. Puis se calma. Il fallait sortir de là. Il ouvrit la fenêtre. Il était au troisième étage. Aucun espoir de ce côté. La porte s'ouvrit alors pour laisser le passage à une fille de service poussant un chariot.

— Thé, dit-elle.

Et elle s'en alla, sans refermer la porte à clé. Samir resta un moment à l'arrêt. La fille allait sûrement s'apercevoir de son erreur et revenir sur ses pas. Samir compta dix secondes dans sa tête puis se rua vers la sortie.

Une fois dans le couloir, il fonça vers l'escalier de service. Il savait que Lulu était au quatrième étage. Dans l'escalier, il croisa une infirmière qui lui jeta un regard un peu étonné. Samir comprit qu'il devait faire vite s'il tenait à sa liberté. Il traversa l'étage en courant.

— Lulu !

La petite était là, inerte. La Force l'avait quittée. Samir posa le front sur l'oreiller puis chuchota :

— Lulu, t'es pas morte ? Lulu, c'est moi…

— Samir ? fit une toute petite voix incrédule.

Les deux enfants se regardèrent comme s'ils ne devaient plus jamais se revoir.

— Joke, souffla Lulu.

— J'y vais.

Samir ressortit précipitamment et, au détour du couloir, il percuta un homme en blouse blanche et lunettes noires.

— Vous ne pouvez pas faire attention...

L'homme le retint par le t-shirt. Mais Samir se dégagea en y mettant une telle rage que l'homme aux lunettes noires tituba.

— Eh, mais reviens là, toi ! cria-t-il.

Avant de disparaître dans l'escalier, Samir lui fit de la main une réponse appropriée.

Les carrières abandonnées n'étaient pas très loin de l'hôpital. Tout en courant, Samir passait en revue tous les adultes qu'il avait croisés récemment : Natacha, Eddie, Orwell, l'inspecteur Eberhardt, mademoiselle Truchaux, l'hôtesse dans l'avion, l'homme aux lunettes noires. Où étaient les gentils, où étaient les méchants ? La seule certitude qu'il avait, c'était qu'il devait tracer seul s'il voulait sauver Lulu. Mais en pénétrant dans la grande caverne, il s'aperçut qu'il avait été devancé. Quelqu'un avait garé là sa voiture. Samir s'approcha prudemment. Le véhicule était immatriculé en Suisse, ce qui était encore plus alarmant.

Samir s'aventura dans une galerie, à la recherche de Joke. Dans l'obscurité, il distingua une sorte de flaque faiblement lumineuse. Joke était en train de se diluer. Allait-il disparaître tout à fait ? Y avait-il une mort pour un ectoplasme électrique ? Et comment le nourrir sans le moindre argent ? Samir se frappa le front.

— Mais le con !

La batterie de la voiture. La voler ne fut qu'un jeu d'enfant. Samir courut la porter à Joke et fut immédiatement récompensé de son beau geste par un éclatant :

— Cocorico, soleil levé !

... suivi d'un désastreux :

— Moi beaucoup faim.

Rassuré sur le sort de Joke, Samir commença à s'inquiéter du sien. Il se serait encore plus inquiété s'il avait vu les deux hommes armés à l'entrée de la carrière. La fugue de Samir ne devait rien au hasard. Il avait été suivi. Dans quelques secondes, les hommes du Mondial Investigation Bureau allaient entrer en action.

Ce même jour, Emmé vint chercher son fils à l'hôpital des Quatre-Cents. Depuis que ce monsieur de la police suisse l'avait appelée, elle ne vivait plus. Il lui avait parlé d'un « attentat antimondialiste » au téléphone et madame Badach lui avait demandé :

— Ci quoi, ce bin's ?

L'inspecteur Eberhardt n'avait pas eu l'air de comprendre la question.

Dans le hall de l'hôpital, Emmé aperçut le père d'Aïcha et un couple à l'air égaré, sans doute les parents du petit Sébastien. Mais elle n'eut pas le temps d'aller vers eux.

— Madame Badach ?

Une voix grave fit se retourner Emmé. Un homme en blouse blanche et lunettes noires répéta :

— Vous êtes madame Badach ?

— Oui, monsieur. Ti sais où il est mon fils ?

Elle ne voulait qu'une chose : emmener Majid à la maison et lui faire du thé à la menthe. Après, on verrait.

— Votre fils a encore quelque difficulté à se situer dans le réel, répondit l'homme. C'est normal, étant donné la nature traumatique de son vécu récent.

Emmé ouvrit la bouche puis jugea prudent de la fermer.

— Ji peux le voir ? demanda-t-elle d'une voix très douce.

— Une confrontation sans intermédiaire pourrait lui être préjudiciable.

L'homme eut un mince sourire dont madame Badach comprit fort bien la signification. Il la prenait pour une imbécile.

— Je vais vous conduire à sa chambre, reprit l'homme, qui n'avait même pas songé à se présenter.

Mentalement, Emmé le baptisa « Lunettes noires », et « Lunettes noires » ne lui plaisait pas beaucoup.

— Emmé !

— Allah akbar !

Madame Badach eut à peine le temps d'ouvrir ses bras. Jamais son petit dernier n'y avait ainsi cherché refuge.

— On rentre à la maison, emmène-moi, chuchota Majid. J'ai pas de sac. J'ai plus rien.

— Ci pas grave pour le sac, dit Emmé. Ti es vivant. Ci le plus important.

Tenant son fils par la main, elle fit un pas vers la sortie. Mais Lunettes noires barrait la porte.

— Avant que vous partiez, j'aimerais que Majid vous raconte ce qui lui est arrivé.

— À la maison ! s'exclama le jeune garçon en retrouvant l'insouciance de ses 12 ans.

— Non, maintenant.

Madame Badach eut un léger tressaillement. L'homme sentit qu'il avait parlé trop brutalement et il ajouta :

— Majid a eu quelques bouffées délirantes à son arrivée à l'hôpital. Je veux vérifier que tout est rentré dans l'ordre. Alors, qu'est-ce qui t'est arrivé, mon garçon ?

Majid fronça les sourcils comme s'il faisait un effort pour rassembler ses souvenirs et il commença ainsi :

— Nous étions tous les quatre sur le parking à Mondioland et nous allions reprendre le véhicule de Sébastien quand, tout à coup, deux femmes sont arrivées en courant.

Il se tut comme s'il cherchait ses mots. En fait, il cherchait les images qui correspondaient aux mots qu'il prononçait.

— Elles ont tiré sur des employés de Mondioland qui étaient déguisés en cow-boys puis elles nous ont dit de monter dans le camping-car.

Emmé écoutait, bouche bée. Majid raconta encore comment les deux femmes les avaient ligotés et conduits jusqu'à Gruyères, où elles avaient fait sauter le siège de la MC.

— Bien, très bien, approuva Lunettes noires.

Puis il se tourna vers Emmé :

— Votre fils aura peut-être des moments de flottement dans les jours à venir, un peu d'angoisse, hein ? N'hésitez pas à lui faire prendre ceci.

Il lui tendit deux plaquettes de pilules bleues.

— Deux, le soir. Trois, s'il est agité.

Emmé fit presque une courbette en prenant le médicament.

— Merci, monsieur.

— De toute façon, une assistante sociale viendra voir chez vous si tout se passe bien. Vous êtes en règle avec les autorités, j'imagine ?

Le ton était faussement anodin. Il y avait de la menace dans l'air.

L'homme posa la main sur la poignée de la porte mais, avant de la tourner, il ajouta :

— Ah oui, très important, madame Badach. Majid ne doit pas revoir ses camarades pour le moment.

— Eh ! Il rêve, là ? s'écria Majid.

Mais Lunettes noires décida de l'ignorer :

— Vous comprenez, s'ils se retrouvent, ils ne vont parler que de ce qui leur est arrivé et ils vont réactiver le trauma. Je compte sur vous, madame Badach.

Emmé se fit encore plus douce, encore plus soumise.

— Oui, monsieur.

Le mince sourire reparut sur le visage de l'homme et il laissa passer la femme et l'enfant par la porte entrouverte. Dans le couloir, la voix rageuse de Majid se fit entendre :

— Emmé, t'as quand même pas peur de ce…

— Chut, fit sa mère en lui pressant la main.

Sans même se retourner, elle sentait dans son dos le regard de Lunettes noires.

Madame Badach posa devant son fils l'assiette de cornes de gazelle.

— Alors, ti me racontes ?

Elle pensait que son fils, délivré de la présence de Lunettes noires, allait cesser de jouer la comédie.

— Mais je t'ai déjà raconté !

Majid n'avait pas envie de reparler de toute cette histoire. Dès qu'il y pensait, une curieuse fatigue l'envahissait. Il n'arrivait pas à fixer ses idées.

— Comment elles itaient, les tirroristes ?

Majid fronça les sourcils.

— Deux femmes sont arrivées en courant. Elles ont tiré sur des employés de Mondioland qui…

— Pourquoi ti me parles comme ça ? demanda Emmé, le ton chagriné.

Majid regarda autour de lui, son ordinateur sur la table, les Babar de la tapisserie, le petit verre décoré où fumait le thé à la menthe. Il était revenu chez lui. Il y avait juste cette chose étrangère en lui.

— Deux femmes sont arrivées en courant, répéta-t-il à mi-voix.

Rien. Il ne voyait rien. Il ne pouvait pas décrire les terroristes. Il ne les revoyait pas. Il jeta un regard naufragé à sa mère.

— Ci pas grave, le rassura-t-elle. Ci le trauma.

— Faut peut-être que je prenne les pilules ?

— Ci mieux les gâteaux, répondit Emmé en poussant l'assiette vers Majid.

Le soir vint. À peine allongé, Majid s'endormit et Emmé resta un instant à son chevet. Puis elle alla se coucher, renfermant en elle mille pensées confuses qui cherchaient à se frayer un chemin.

En pleine nuit, un cri la fit se dresser dans son lit.

— Emmé !

Elle courut à la chambre de Majid. L'enfant s'était assis et, le doigt tendu, il hurlait :

— Attention, elle va tirer !

Puis il plaqua les mains sur ses yeux en sanglotant :

— Le sang, oh, du sang...

Doucement, Emmé le secoua par les épaules pour le sortir de son accès de somnambulisme.

— Les pilules, gémit Majid, donne les pilules.

Emmé alluma le plafonnier. Elle hésitait. Il n'y avait rien d'écrit sur les plaquettes de médicament.

— Donne, sinon elle va revenir.

— Qui ?

— La terroriste.

— Ti l'as vue dans le rêve ? Comment elle itait ?

— Deux femmes sont arrivées en courant, marmonna Majid.

— Ci pas un rêve, ça. Ci une leçon.

Majid ne répondit rien. Il regardait en lui-même, cherchant les images du rêve. Une femme. Elle tient un revolver. Elle tire. Il y a du sang sur le dessus-de-lit. Mais tout se brouille et la phrase, obsédante, envahit de nouveau Majid : « Deux femmes sont arrivées en courant. »

À neuf heures du matin, l'assistante sociale était là.

— Tout se passe bien, madame Badach ?

Emmé connaissait les assistantes sociales qui parcouraient les étages des Colibris. Celle-là n'en faisait pas partie.

— Si, madame, merci.

L'assistante sociale entra au salon et aperçut Majid.

— Et Majid, il a pris ses médicaments ?

Majid, mal réveillé, poussa un grognement. L'assistante sociale posa sur la table une nouvelle boîte.

— Le docteur avait oublié de vous les prescrire. Un le matin et un le midi, en plus des pilules bleues, le soir.

Emmé se contenta d'acquiescer, en prenant un air benêt. L'assistante sociale se planta devant elle.

— Votre mari n'est pas là, madame Badach ?

— Ci son nouveau travail. Il fait le camion.

— Chauffeur routier ? Et vous êtes bien en règle pour le travail ? Parce que chez vos voisins, ça n'était pas tout à fait le cas...

Emmé comprit que les parents d'Aïcha avaient déjà reçu la visite de l'assistante sociale.

— Ti veux voir les papiers ? proposa Emmé.

— Non, je vous fais confiance... Mais je sais que votre Haziz a eu des ennuis avec la justice. Alors, ne vous faites pas remarquer.

Emmé prit un air très effrayé et se mit à geindre :

— Mon pauv' Haziz, ci pas sa faute. Il a jamais eu de la chance. Ti veux pas du thé, madame, un gâteau ? Des pitits gâteaux pour tes enfants ?

Emmé raccompagna la femme vers la sortie, après lui avoir fourré des gâteaux bien collants dans les mains. Puis elle revint au salon, attrapa les médicaments qui traînaient sur la table et alla les jeter dans le vide-ordures de la cuisine.

— Pourquoi tu fais ça ? s'étonna Majid dans son dos.

— Ci pas une assistante sociale, dit Emmé. Ci une menteuse. Et Lunettes noires, ci pas un docteur, ci un…

Emmé, qui voulait rendre à ce prétentieux la monnaie de sa pièce, conclut fermement :

— Ci un psychopathe.

CHAPITRE XVIII

SORRY

Les hommes du MIB étaient dans la carrière. Ils avaient vu Samir voler la batterie puis disparaître dans la galerie.

— *Stay here !*

Tommy, le grand Noir, avait pris la direction des opérations. Payne s'accroupit derrière la voiture. Tommy glissa une main sous sa veste pour en extirper une arme. Puis il avança dans la galerie, les deux bras tendus à l'horizontale, balayant l'air de son revolver. Soudain, une voix surnaturelle le fit se plaquer à la paroi suintante.

— Oui, hi, hi, c'est la fête !

« Ça parle », songea Tommy. Dix ans au service du MIB l'avaient préparé à une rencontre du troisième type. Il n'en eut pas moins un choc terrible. La chose crépitait et cherchait à imiter une forme humaine. Elle tentait d'attirer ses victimes en répétant :

— Moi ami.

Tommy eut alors la certitude que la créature l'avait repéré et, les bras toujours tendus, il se mit à tirer, tirer, tirer. Des cris de panique envahirent la galerie.

Mais la créature n'y était pour rien. C'était le gamin. Tommy avait failli le tuer en déchargeant son arme.

— Viens vers moi ! cria Tommy à Samir. Je te couvre.

En rampant, Samir rejoignit Tommy, qui l'attrapa brutalement et le mit à l'abri derrière lui en l'assommant à moitié contre la paroi.

— Mais c'est quoi, ce film ? bredouilla Samir.

— N'aie pas peur, le rassura Tommy. La chose ne peut plus rien contre toi. Je suis là à présent.

— Mais c'est qui, ce ouf ? fit Samir entre ses dents.

Le mec avait dû péter un câble en voyant Joke. En tout cas, il avait pu constater que sa quincaillerie ne lui était d'aucune utilité. Joke rigolait :

— Oui, hi, hi, c'est la fête.

Tommy débita deux ou trois phrases sans doute peu aimables où il était question de « *biche* » et de « *phoque* » comme dans les films américains. Puis il contraignit Samir à un retrait stratégique en lui tordant le poignet.

Dans la grande caverne, ils furent accueillis par un : « *Hands up !* » tonitruant.

Payne avait le doigt sur la détente. Reconnaissant son collègue, il remit l'arme dans son étui.

— Ils sont là, dit Tommy en désignant l'entrée de la galerie.

— Tu les as vus ?

Tommy répondit d'un simple battement de cils.

— J'ai sauvé le gosse, dit-il.

Samir se frottait le sommet du crâne. Jolie bosse. Payne se tourna vers lui.

— Sais-tu combien il y en a ?

— Ben. Un.

Payne eut un sourire amer. Pauvre môme. Il ne se doutait pas…

— C'est un nid, tu comprends ? Ils doivent être des centaines dans ces galeries.

Samir écarquilla les yeux. Des centaines de Joke ?

— L'invasion a commencé, lui expliqua Tommy. Ils n'ont pas de forme. Ils sont obligés d'envahir des corps humains pour agir. Tu as entendu parler de… Natacha ?

Samir fit une vague grimace.

— C'était une jeune fille comme toutes les autres, dit Payne. Elle voulait aimer, être aimée. Maintenant, elle est possédée par un de ces ectoplasmes.

Le mot d'ectoplasme fit tressaillir Samir. Sébastien lui avait bien parlé d'« ectoplasme électrique ». Les deux Américains savaient-ils des choses que lui, Samir, ignorait ? Tommy le questionna de nouveau :

— As-tu entendu parler d'autres personnes comme Natacha dont le comportement aurait brusquement changé ?

— Ben, y a Lulu. C'est ma petite sœur. Elle est connectée sur l'onde méga de Joke. Enfin, un truc du genre…

— Et où elle est, ta petite sœur ? demanda Payne, la voix affectueuse.

— À l'hosto… À l'hôpital des Quatre-Cents.

Lunettes noires fut un peu surpris de voir Samir de retour avec Payne. C'était sur ordre du MIB qu'il l'avait laissé filer.

— Tout va bien ? s'informa-t-il.

— *All is okay*, assura Payne. Bouclez le quatrième étage. Personne dans le secteur.

Samir était de plus en plus impressionné.

— Je viens de parler avec les infirmières, lui dit Payne. D'après elles, la maladie dont souffre ta petite sœur la condamne à rester au lit sans la moindre force. Or, il lui arrive de se montrer pleine d'énergie. Ce monstre, cette chose, comment l'appelles-tu déjà ?

— Joke ? murmura Samir.

— Ce monstre… ce Joke… il essaie de s'emparer de ta petite sœur à distance. Tu comprends quel sort terrible l'attend ? Tu comprends ?

Samir, complètement paumé, ne put rien répondre.

— S'il réussit, il fera d'elle une autre Natacha. Une tueuse. Il faut à tout prix empêcher qu'une telle chose se produise, n'est-ce pas ? Es-tu prêt à m'aider ?

Samir semblait tétanisé. Payne le réconforta d'une virile bourrade :

— Je suis sûr que toi et moi, on va faire du bon boulot.

Samir fut tenu au secret pendant une heure dans la petite salle de repos des infirmières. Puis on vint le chercher.

— Samir ! hurla Lulu en tendant les bras vers lui.

La petite avait la tête prise dans une sorte de casque et les bras, la poitrine couverts d'énormes pansements d'où sortaient des fils de toutes les couleurs.

— Attends, mais c'est le laboratoire du docteur Maboul ! s'insurgea Samir.

La pièce était pleine d'écrans allumés avec des lignes blanches qui montaient et descendaient, des pointillés qui se promenaient, des voyants rouges qui clignotaient. Ça faisait *bip bip* dans tous les coins. Malgré une piqûre sédative, la petite fille restait très agitée et avait déjà arraché trois fois les fils qui la reliaient aux machines. Preuve, selon Payne, que l'ectoplasme Joke était en train de s'emparer d'elle et décuplait ses forces.

Dès que Samir fut assis près d'elle, Lulu se détendit.

— C'est... c'est pas pour te faire du mal, balbutia son grand frère. C'est un genre de docteur.

Il désignait Payne.

— Et tu vois, moi aussi, je mets un casque, dit Payne avec un grand sourire. Allô, allô, planète Mars, vous m'entendez ?

Mais la plaisanterie fut de courte durée.

— Bon, vas-y, dit-il à Samir, occupe-la. Raconte-lui une histoire.

Samir lui jeta un mauvais regard. Il sentait que, malgré ses brèves démonstrations d'amitié, l'autre l'utilisait. Il attrapa le koala en peluche qui traînait sur le lit de sa petite sœur et, le ton maussade, il commença l'histoire, vaguement lue dans un album, de Koko le koala qui marchait la tête en bas parce qu'il venait d'Australie. Il fit rebondir Koko sur la tête en faisant *zbong*, *zbong* et tira de Lulu un pâle sourire d'approbation.

Se désintéressant des enfants, Payne procéda au réglage du micro :

— *One, two, three, one, two, three, Tommy ?*

Tommy était resté dans la carrière. Avec sa combinaison intégrale et son casque à visière de Plexiglas, il ressemblait à un cosmonaute.

Consoles, ordinateurs, appareils de mesure, générateurs, en une heure, Tommy avait vidé toute une camionnette. Sans parler du réservoir d'eau sous pression.

Car Tommy avait commencé par alimenter la nappe d'eau qui s'étendait devant l'entrée des galeries. Prudemment, il se tenait de l'autre côté de cette mare protectrice. D'après ce que Samir avait dit, la créature craignait l'eau plus que tout.

Quand Payne lui en eut donné le signal depuis la chambre d'hôpital, Tommy mit l'ensemble de ses appareils sous tension. La rapidité avec laquelle la créature réagit le laissa stupéfait. Joke sortit de sa tanière comme un papillon attiré par une lampe.

— *What a monster !* chuchota Tommy dans son casque.

Les hommes du MIB avaient prévu de faire des tests pour juger de la puissance de destruction de la créature.

— Phase un, annonça Payne dans son micro.

Il s'empara de sa mitraillette. L'arme ne devait pas peser plus de deux cents grammes. Tommy venait de l'acheter au Mondiorama pour une quinzaine d'euros.

Une pluie de balles de ping-pong s'abattit sur Joke. Elles semblèrent s'y noyer, disparaissant dans une cascade de petits crépitements.

Dans la chambre d'hôpital, Samir faisait rire aux éclats sa petite soeur avec « Kaka, le kaolo qui pétait le cul en l'air ».

Payne se tourna vers les enfants et les interrompit :

— Il paraît que Joke a dit : « Cocorico soleil levé ! » Est-ce que vous savez ce que ça signifie ?

— C'est du furby, répondit Samir.

— Du quoi ?

— C'est parce qu'il a avalé un… Il parle furby, abrégea Samir.

— Et vous, les enfants, vous le parlez, le furby ?

— Un peu, admit Samir. Surtout Lulu.

— Ah… Est-ce que Lulu pourrait me dire quelque chose en furby ?

Lulu réfléchit, les yeux au plafond, puis dit d'une voix de robot :

— Moi dormir encore.

Quelque peu déconcerté, Payne transmit la phrase à son collègue. L'instant d'après, Tommy lui annonça :

— Communication établie. L'ectoplasme semble en effet s'exprimer en furby. M'a répondu :« Caresse-moi. » Signification inconnue.

Un peu plus tard, il compléta :

— Prêt pour la phase deux. Jet d'objets métalliques.

Tommy devait répéter l'expérience des balles de ping-pong, mais cette fois avec des boulons du rayon quincaillerie de Mondiorama. L'effet produit fut plus notable. Quand elles entraient en contact avec le monstre, les petites masses métalliques produisaient étincelles et mini-déflagrations. Tommy alla consulter l'écran de son dispositif d'analyse spectrographique. Le résultat était là, incontestable et effarant.

— Ici Tommy. Analyse terminée. La créature est composée d'énergie pure. Je répète : la créature est composée d'énergie pure.

Dans la chambre de Lulu, Payne fit la grimace. Depuis quelques heures, il s'était pris à rêver. Pourquoi ne pas s'emparer du monstre et le ramener avec eux, comme King Kong enchaîné jusqu'au port de New York ? Énergie pure... la capture s'annonçait difficile. Il était sans doute préférable de le détruire, d'autant que la fillette était de plus en plus agitée.

— Nous pouvons procéder à la phase laser, dit Payne à son collègue.

— Reçu.

Le rayon laser jaillit d'une sorte de canon et frappa Joke de plein fouet. Sur l'écran, le spectrographe indiqua un véritable bouillonnement, comme si on avait jeté Joke dans un accélérateur de particules. Néanmoins, constata Tommy, la créature ne semblait guère troublée. Il eut même l'impression qu'elle gagnait de la consistance et, bientôt, du volume.

— On dirait que le laser le nourrit, indiqua-t-il dans le micro à son collègue du MIB.

Dans la chambre, Lulu voulut se lever, sauter, danser.

— Tiens-la ! cria Payne à Samir. Il ne faut pas qu'elle arrache les fils.

Ce qui intéressait Payne se passait sur ses écrans. Il voyait les lignes blanches aller de pics en creux, les tracés s'accélérer, les clignotants s'affoler. La démonstration était faite. L'étrange créature tentait d'insinuer son impalpable nature électrique dans le corps de l'enfant. Jadis, on aurait appelé cela de la sorcellerie, un cas de possession démoniaque.

Soudain, tous les voyants explosèrent. Les lignes blanches se figèrent. Les appareils de mesure crépitèrent.

Samir poussa un cri et partit à la renverse. Lulu venait de l'éjecter. Elle bondit sur ses pieds et se mit à sauter sur le lit comme sur un trampoline. De plus en plus haut, avec une vigueur insensée. Au troisième saut, ses cheveux effleurèrent le plafond.

— Stop ! hurla Payne dans son micro. Stop ! *Stop that now !*

Mais il ne reçut aucune réponse. La liaison était coupée.

Au moment où Payne criait en vain « *Stop that now !* », la voix de Tommy répondait comme en écho :

— *Oh ! My God ! No ! No !*

La créature avait enflé de façon démesurée et elle flottait dans les airs, à la façon d'une baudruche gonflée à l'hélium. Elle donnait à Tommy l'impression de se diriger vers lui. Puis il comprit. La créature ne flottait pas. Elle remontait le long du rayon laser vers sa source, lumineux funambule en équilibre sur un fil d'énergie.

Tommy se précipita sur le canon d'où jaillissait le faisceau et coupa le flux en appuyant sur l'interrupteur.

Joke resta un bref instant suspendu sous la grande voûte. Puis il s'abattit dans l'eau sombre de la mare avec un claquement de foudre. La surface se couvrit de petites bulles, comme si Joke se vidait de son air. Mais Joke n'était qu'une drôle de créature d'énergie pure. Il n'avait pas de poumons à vider. L'eau de la mare était simplement entrée en ébullition. Joke avait disparu de ce côté-ci du monde. Dans l'eau, l'ectoplasme électrique était incapable de se reconstituer.

Dans la chambre d'hôpital, Lulu écarta les bras, entre lit et plafond, comme frappée en plein cœur. Puis elle tomba sur le matelas aussi molle qu'une poupée de chiffon. On venait de lui arracher la Force à tout jamais.

— Joke, Joke, dit-elle, déjà aveugle et sourde, Joke, sois pas mort.

— Lulu ! Lulu ! hurla Samir.

Il la secoua. Ses lèvres étaient blanches, sa peau presque grise. Elle ne réagissait plus.

— Qu'est-ce que vous avez fait ? gémit Samir. Vous l'avez tuée ! Ma petite sœur ! Ma petite... Oh, je n'ai qu'elle, je n'ai qu'elle... et vous l'avez tuée.

— *Sorry*, dit Payne.

Ce soir-là, Orwell reçut un fax en provenance du MIB auquel il ne comprit rien. « *Nous avons détruit la chose. Il n'y en avait pas d'autres dans les carrières. Encore une fois, le MIB a repoussé l'invasion. Malheureusement, nous n'avons pu sauver l'enfant.* »

Orwell fit une boule du fax en murmurant : « Tas de crétins. » Même pas capables de retrouver la piste de Natacha. Mais Orwell reprit très vite son calme en songeant qu'il tenait Albert à sa merci. Le jeune informaticien lui obéirait tant qu'il craindrait pour la vie de Nadia. « Et de ce côté, je suis tranquille », pensa Orwell. Car la vie de Nadia Martin était entre les mains de mademoiselle Truchaux.

CHAPITRE XIX

FOLLE À LIER

Libre ! Oh ! bien sûr, rien n'était plus triste que cette chambre nue, rien n'était moins réjouissant que les odeurs d'éther et d'eau de Javel. Mais il n'y avait pas de barreaux aux fenêtres, pas de gardiens derrière les portes.

Nadia était libre. Presque. Il fallait d'abord qu'elle se remette. Quelques jours de repos. Quelques comprimés. Le matin, deux bleus, minuscules et amers. Le midi, un gros jaune au goût de citron. Avec le thé en sachet de seize heures, une gélule rouge et vert. Le soir, encore deux petites pilules amères. On lui mettait des gouttes dans son verre d'eau et une drôle de poudre dans son yaourt. Pour son bien.

Nadia avait subi une rude épreuve. Si elle prenait gentiment ses médicaments, ses angoisses allaient s'effacer, sa bonne humeur allait revenir, sa fatigue allait se dissiper. Tout s'arrangerait. D'ailleurs, les infirmières ne disaient jamais : l'hôpital. Elles disaient : le pavillon.

— Avalez ça.

— Le jaune, maintenant.

— Et voilà ! Douze gouttes.

— Toujours un peu de fatigue ? C'est normal, le docteur dit que c'est normal.

Nadia avalait. Nadia se sentait de plus en plus fatiguée. Nadia trouvait ça de moins en moins normal. Quand elle commença à comprendre, elle n'avait plus la force de réagir. Il y a des prisons avec barreaux et des prisons sans barreaux. Dans celle-ci, ce que l'on voulait tenir en cage, ce n'était pas son corps, c'était son esprit.

Une infirmière se pencha vers elle. Pour une fois, elle ne lui tendait pas un comprimé et un verre d'eau.

— Vous allez avoir de la visite, lui dit-elle.

Le cœur de Nadia se mit à battre plus fort. Qui ? Qui allait venir ? Elle lutta contre les brumes qui flottaient devant ses yeux. Elle voulait voir qui allait entrer. Elle avait tant besoin de serrer quelqu'un dans ses bras. Oh, Albert…

Calée contre ses oreillers, elle regardait la porte.

C'était une femme. Nadia ne la connaissait pas.

Elle portait une longue robe verte et une sorte de voile sur les cheveux, comme les religieuses ou les infirmières d'autrefois. Quand elle souriait, elle montrait deux rangées de dents immenses. Elle souriait tout le temps.

Mademoiselle Truchaux travaillait pour la Croix-Rouge. Elle voulait aider Nadia. Pour cela, le mieux était de parler.

— Il faut vider tout ce que vous avez dans la tête. Vous avez vécu des moments très durs. Il faut vous en délivrer. Racontez-moi tout ce qui s'est passé, tout ce dont vous vous souvenez. D'accord, Nadia ?

Oui, fit Nadia d'un mouvement de tête.

Mais il était si difficile de parler. Ce n'était plus un zézaiement qui se promenait sur sa langue, c'était un pavé de dix kilos qui lui pesait dessus.

— Trop de médicaments, dit Nadia.

— Dès que vous irez mieux, le docteur diminuera les doses, répondit mademoiselle Truchaux.

Mademoiselle Truchaux venait une fois le matin et une fois l'après-midi. Elle posait des questions brèves, d'une voix douce. Ensuite, elle écoutait. Elle laissait Nadia parler.

Nadia avait un mal fou à ordonner ses pensées. Un duel sur un parking entre des cow-boys et une Lara Croft tirant des rayons de dégom-laser. Un enfant qui meurt et ressuscite. Le bunker le mieux défendu du monde pris d'assaut par deux jeunes filles légèrement vêtues. Des herses qui clouent des hommes au sol. Le patron de la toute-puissante MC abattu d'une balle dans la tête. Le bunker qui explose.

À nous deux ? Natacha et moi. Nous avons terrassé la plus grande puissance privée de la planète.

Au secours ! Ça ne tient pas debout !

Pourtant, je m'en souviens. Je sais que je m'en souviens. Si c'est faux, c'est que je suis folle.

Et c'est cela, exactement cela, que Nadia lisait dans les yeux attentifs de mademoiselle Truchaux, derrière son inaltérable sourire. *Ma pauvre petite, vous êtes folle à lier.*

Malgré tout, mademoiselle Truchaux semblait satisfaite. À la grande surprise de Nadia, elle déclara :

— Je crois que nous avons fait beaucoup de progrès. Les choses se remettent en place dans votre cervelle. Cela mérite une récompense. Est-ce que vous ne vous ennuyez pas un peu ?

Mademoiselle Truchaux promit une promenade pour bientôt dans le parc de l'institution.

— Et tenez, Nadia, je vous ai apporté un cadeau.

Une nuisette bleue. Toute neuve. Toute fraîche. Nadia remercia.

En attendant la promenade dans le parc, Nadia s'efforçait de bouger un peu dans la chambre. Du lit au mur, du mur à la porte et de la porte à la fenêtre. Depuis deux jours, elle se sentait moins fatiguée. Plus solide sur ses jambes. Mais elle n'en laissait rien paraître. Car il y avait une raison à cela et Nadia tremblait qu'on ne la découvre : elle gardait les comprimés sous sa langue puis les recrachait dès que l'infirmière avait le dos tourné. Or, moins Nadia avalait de comprimés et plus ses forces augmentaient. Malheureusement, ses méninges mettaient beaucoup plus de temps que ses muscles à retrouver leur tonus.

Elle décida de passer à l'action alors qu'elle était dans le cabinet de toilette, tenant à bout de bras la nuisette bleue. Allait-elle l'essayer ? Elle regarda soudain la petite étiquette dans le dos. Miss C. Est-ce que ça existe comme marque, ça ? Miss C. ? La fiancée de Mister C. ? Elle les imagina, tous les deux, assis sur un canapé Mondiorama, face à leur télé Mondiotronic. Deux êtres sans cœur. Deux robots.

Albert, au secours, j'ai un cœur, je t'aime ! Des larmes roulèrent sur les joues de Nadia. Elle appuya du bout du pied sur la pédale de la petite poubelle blanche pour y jeter la nuisette. La poubelle était déjà presque pleine. En se baissant, Nadia vit qu'elle était encombrée par les emballages des boîtes de médicaments. Elle ne voulut pas savoir ce que c'était. Elle ne voulut même pas savoir ce qu'elle avalait depuis des jours. Elle ne vit qu'une chose, sur chaque boîte, sur chaque tube : Mondiolabo.

Nadia se mit à déchirer la nuisette en longues bandes de tissu fin.

Mademoiselle Truchaux n'allait pas être contente mais Nadia s'en moquait. Car mademoiselle Truchaux était de la même marque que la nuisette Miss C., que la télé Mondiotronic, que les médicaments Mondiolabo, que le dentifrice Mondémail ou les draps Mondousatin. Mademoiselle Truchaux était une MC.

Il faisait chaud. Par sa fenêtre, Nadia voyait qu'un soleil magnifique illuminait le parc. Mais il en fallait plus que ça pour que mademoiselle Truchaux renonce à son voile et à sa longue robe.

— Alors, ce petit tour dans le parc ? demanda-t-elle en montrant son éblouissante denture frottée au Mondémail. On est prête ?

Nadia fit signe que oui.

— Il faudra m'aider un peu, dit-elle en se redressant dans son lit.

— Bien sûr, mon enfant. Prenez mon bras.

Nadia posa la main sur le poignet droit de mademoiselle Truchaux. Le serrant bien fort, elle se hissa et quitta le lit. À présent, elle était debout, juste derrière sa bienfaitrice. Elle n'avait pas lâché son poignet.

— Nadia ? Qu'est-ce que vous faites ?

Ce qu'elle faisait ? Elle tordait le bras de mademoiselle Truchaux, puis elle faisait monter derrière son dos le poignet qu'elle tenait toujours aussi fermement.

— Nadia, cessez, voyons !

Sentant sa main à la hauteur de l'omoplate, mademoiselle Truchaux ne disait plus rien, paralysée par la stupeur.

— Parfois, c'est l'épaule qui cède, parfois c'est le bras qui casse, dit Nadia. Dites-moi votre préférence. Ze sais faire les deux.

— Vous êtes folle !

— Oui, admit Nadia, folle à lier.

Mademoiselle Truchaux récupéra *in extremis* son sourire jovial et son ton enjoué.

— Parlons, si vous voulez, proposa-t-elle. Je suis prête à tout pour vous aider, Nadia, vous le savez bien.

— Ze sais qui vous êtes. Vous êtes une MC.

— Une quoi ?

Nadia donna une petite secousse et la représentante de la Croix-Rouge laissa échapper un cri de douleur.

— Ze crois que c'est le bras qui va casser, dit Nadia. L'os n'a pas l'air très solide.

Elle fit s'agenouiller sa victime sur le bord du lit.

— Vous allez faire ce que ze vous dis. Tirez le drap, à droite de l'oreiller.

Mademoiselle Truchaux obtempéra. Sous le drap, il y avait une quinzaine de pilules bleues et de gélules rouge et vert.

— Prenez-les, dit Nadia, et avalez tout.

— C'est ridicule ! Nadia, enfin… aïe !

— Dépêchez-vous !

Nadia força un peu plus sur le bras de mademoiselle Truchaux.

— Nadia, c'est dangereux, je ne peux pas avaler tous ces médicaments.

— Ze suis folle, mademoiselle Truchaux. Quand z'ai une crise, z'adore casser des bras. Allez ! Vite ! Et veuillez m'excuser, ze les ai un peu sucés.

Mademoiselle Truchaux tenait à son bras droit. Avec sa main gauche, elle attrapa quelques pilules et les engloutit.

— Encore, dit Nadia. Il y a un verre d'eau sur la tablette.

Quand toutes les pilules et toutes les gélules eurent disparu, Nadia tira de la poche de son peignoir les lambeaux de la nuisette.

— Ouvrez la bouche, ordonna-t-elle. Rassurez-vous, cette fois, ze ne vous demande pas d'avaler.

Nadia coucha mademoiselle Truchaux sur le lit, réduite au silence et les mains liées derrière le dos. Ensuite, elle attendit. Elle savait que personne n'entrait jamais dans la chambre pendant les visites de la dame de la Croix-Rouge. Les drogues mirent plus d'une demi-heure à faire leur effet. Mademoiselle Truchaux endormie, Nadia lui détacha les mains et entreprit de la déshabiller. Puis elle fouilla le petit sac noir de sa visiteuse et y préleva tout l'argent qui s'y trouvait.

Quelques instants plus tard, elle quittait la chambre, vêtue d'un voile et d'une robe trop longue pour elle.

— Au revoir, mademoiselle.

Nadia adressa un petit signe de tête à l'infirmière qui la regardait traverser le couloir depuis le seuil du local réservé au personnel. Plaquant le voile de la main contre sa joue, elle poursuivit son chemin jusqu'à l'escalier. Il n'y avait qu'un étage, elle le savait.

Elle pressa le pas en passant devant le comptoir de l'accueil et fila au hasard à travers le parc. Bientôt, elle franchit une grille et se retrouva sur une route de campagne.

Nadia ignorait où elle se trouvait. De plus, ses jambes n'allaient pas la porter très longtemps. Alors, elle se planta près d'un croisement et leva le pouce.

Deux camions et une douzaine de voitures passèrent sans ralentir. La voiture rouge, elle aussi, sembla devoir poursuivre son chemin. Sans doute le conducteur fut-il pris de remords. Il freina et revint en marche arrière. Nadia cligna les yeux, croyant à une mauvaise blague. La voiture rouge était un cabriolet. La portière s'ouvrit, poussée par un homme d'une trentaine d'années, au long nez et aux yeux rapprochés. Stéfano ! Le bellâtre qui avait dénoncé Nadia comme terroriste.

— Montez, ma sœur.

Il était trop tard pour fuir. Nadia prit place, rabattant le voile sur son visage.

— Où allez-vous ?

Nadia chercha ses mots. Contrefaire sa voix, oui. Mais surtout, surtout ne pas se trahir en zézayant.

— À… à la ville la plus proche.

— Lausanne ?

— Oui, parfait.

Stéfano émit un petit rire.

— Je m'étais pourtant promis de ne plus jamais prendre d'auto-stoppeurs. Et encore moins d'auto-stoppeuses ! Mais on peut faire une exception pour les religieuses. Là, on ne risque rien, hein ?

— Non.

Stéfano roula pendant une minute en silence.

— Vous voulez savoir pourquoi… pourquoi je ne prends plus d'auto-stoppeuses ?

— Oui, fit Nadia d'une voix à peine audible.

Stéfano ne poursuivit pas tout de suite, comme pour laisser s'installer le suspense.

— Vous n'allez jamais me croire, si je vous raconte. Pourtant, je vous jure que c'est la vérité vraie !

— Ne zu… ne churez pas, mon fils.

Nadia se mordit les lèvres, mais Stéfano n'avait rien remarqué.

— Pardon, ma sœur. Eh bien voilà. L'autre jour, j'aperçois deux gonze… deux filles sur la route de Gruyères. Il y en avait une, mais alors la super canon avec des nich…, enfin, très jolie, quoi.

— Et l'autre ? questionna Nadia, intéressée.

— Bof, pas vilaine. Mais dans le genre coincé. Je veux dire : sérieuse.

Nadia commençait à sentir l'indignation monter en elle.

— Vous n'aimez pas les filles sérieuses, mon fils ?

— Non… enfin, si ! s'embrouilla Stéfano. Mais attendez que je vous raconte la suite. J'ai vu immédiatement que ces deux filles étaient bizarres…

Nadia écouta le récit de Stéfano, pensant avec soulagement : « Je ne délirais pas, mes souvenirs sont exacts. »

— Voilà, conclut Stéfano, je suis tombé sur deux terroristes et j'en fais des cauchemars toutes les nuits. J'ai pris vingt ans d'un coup. Pourquoi ça m'est arrivé à moi, hein, pourquoi ? Votre bon Dieu a la réponse à ça, ma sœur ?

Nadia tenait sa vengeance :

— C'est pour que vous donniez un autre sens à votre vie, mon fils. Le sexe sans l'amour, c'est comme un cabriolet qui ne serait pas décapoté.

Stéfano haussa les sourcils de surprise mais ne trouva rien à répliquer. Puis, sans doute déjà sur le chemin du repentir, il alla jusqu'à faire un détour pour déposer Nadia devant la gare.

CHAPITRE XX

AMOUR TOUJOURS

Madame de Molenne avait réagi comme Emmé l'aurait fait en pareilles circonstances. Elle avait mis de l'eau à chauffer pour le thé. Samir était assis sur la chaise de la cuisine. À intervalles réguliers, il se frottait la figure à deux mains puis se tirait les cheveux sans y puiser de réconfort particulier. Il avait déjà raconté deux fois son histoire à Jean-Hugues et à sa mère.

— C'étaient deux flingués, ces types du MIB, dit-il. Ils m'ont embrouillé la tête et je les ai aidés à tuer ma sœur.

Il renifla puis se frotta vigoureusement le visage.

— Elle est dans le coma ? se fit préciser Jean-Hugues.

— Ouais. Elle peut même plus respirer toute seule.

Malgré tous ses efforts, Samir se remit à pleurer. Il lui semblait entendre encore le rire de Lulu quand ils jouaient avec son koala en peluche.

— Je crois qu'ils vont la débrancher, ajouta-t-il. Le docteur avec des lunettes noires, il veut s'en débarrasser. Et y a personne pour la défendre.

Il se désigna comme si lui-même comptait pour rien et répéta :

— Personne.

— C'est scandaleux ! s'indigna madame de Molenne. Mais moi, j'irai, Samir...

Elle se tut. Natacha venait d'apparaître dans l'encadrement de la porte. Samir poussa un cri d'effroi. Il ne l'avait pas revue depuis la nuit dans le bunker.

— Elle... elle est là, balbutia-t-il. Ça marche encore, son machin ?

Le dégom-laser était au repos dans le dos de Natacha.

— Elle est gentille, dit Jean-Hugues.

Puis il se tourna vers Natacha :

— C'est Samir. Samir est un allié.

— Samir a de l'eau sur le visage, remarqua Natacha.

Le garçon passa le revers de la main sur ses joues.

— Ce sont des larmes, expliqua Jean-Hugues. Samir pleure.

— Jean-Hugues pleure aussi, se souvint Natacha.

— Oui, ça m'arrive. Quand je suis triste.

— Samir est triste, déduisit Natacha.

Jean-Hugues lui jeta un regard admiratif.

— Tu as vu, maman, comment elle raisonne vite, maintenant ?

— Oui, mon chéri, approuva madame de Molenne, qui ne put s'empêcher de penser qu'un enfant de 3 ans en faisait autant.

— Pourquoi Samir est triste ? demanda Natacha comme l'aurait fait l'enfant de 3 ans en question.

— Joke est mort, expliqua Samir. Il était connecté avec ma sœur. Et maintenant Lulu n'a plus la Force. Elle va mourir.

— Lulu, nombre de vies restantes : zéro, commenta Natacha de sa voix de robot.

— Elle suit super bien la conversation, souligna Jean-Hugues.

Sa mère lui jeta un regard exaspéré. Mais Samir commençait à considérer autrement Natacha.

— Dites, heu, madame...

— Natacha, lui souffla Jean-Hugues.

— Natacha, s'enhardit Samir, est-ce que tu... est-ce que Joke pourrait ressortir de l'ordinateur ?

— Alias est le maître, lui répondit Natacha. Alias décide.

— Mais on ne peut pas le prévenir, remarqua Jean-Hugues.

À peine eut-il prononcé cette phrase qu'il comprit son erreur. Si, on pouvait prévenir Alias. Mais Jean-Hugues n'avait pas du tout l'intention de dire comment.

— Je vais transférer les données, fit soudain Natacha.

Jean-Hugues en eut le souffle coupé. La puissance de raisonnement de Natacha était bien plus grande que ce qu'il avait supposé.

— Alliée Maman, dit Natacha, donne-moi de l'eau.

— Ne l'écoute pas, s'affola Jean-Hugues.

— Mais c'est formidable, comme idée ! s'écria madame de Molenne. Natacha va retourner dans l'ordinateur et demander à Alias de laisser ressortir Joke.

Jean-Hugues tapa du poing sur la table, faisant tressauter tasses et petites cuillères.

— Il n'en est pas question. Natacha n'a plus que deux vies.

— Et Lulu, elle en a zéro, lui répliqua Samir.

Madame de Molenne prit le contrôle de la situation. Elle félicita Natacha qui sacrifiait une de ses vies pour sauver celle de Lulu. Puis elle se tourna vers Jean-Hugues qui secouait farouchement la tête.

— Non, non, je ne veux pas. Natacha va se retrouver à la MC. Je ne veux pas.

Madame de Molenne jeta un regard peiné à son fils. Un robot comptait plus pour lui qu'une petite fille.

Samir profita du débat entre adultes pour attraper la petite casserole d'eau sur la cuisinière. Il la posa sur la table. Natacha le suivait du regard. Samir joignit les mains dans un geste d'imploration. Avant que Jean-Hugues ait le temps d'intervenir, Natacha avait touché l'eau chaude. Elle poussa un cri de surprise puis analysa de sa voix métallique :

— Armure d'invincibilité opérationnelle à 80 %.

Jean-Hugues lui avait gagné dans le jeu une armure d'invincibilité. Jusqu'à présent, elle n'avait pas fonctionné.

Mais Natacha gémissait bizarrement. Elle tendit vers Jean-Hugues la main qu'elle avait plongée dans l'eau chaude. La peau en était rougie.

— Alt F4, dit-elle, le regard paniqué. Alt F4.

Jean-Hugues lui prit la main. Natacha s'était brûlée et était en train de découvrir la douleur.

— Tu as mal ?

— Supprimer mal, répondit Natacha.

— Passe-lui la main sous l'eau froide, conseilla madame de Molenne en ouvrant grand le robinet.

Jean-Hugues laissa faire.

— Armure d'invincibilité opérationnelle à 70 %, analysa Natacha.

Jean-Hugues coupa l'eau. Natacha semblait de moins en moins protégée.

— Il faut beaucoup d'eau pour tuer Natacha, dit-elle.

— On n'a qu'à remplir la baignoire ? proposa timidement Samir.

Jean-Hugues se mit à bégayer :

— Je t'interdis, je t'interdis de… Je… J'aime Natacha et personne n'a le droit de… de…

Il se tut. Il avait honte. Il chercha un secours du côté de Natacha. Elle fit écho à sa déclaration :

— Natacha aime Jean-Hugues.

Il sourit, soulagé. Elle l'aimait, donc elle resterait avec lui.

— Mais Natacha va sauver petite d'homme, ajouta-t-elle.

Il y eut dans la cuisine un silence solennel.

— Natacha est triste, murmura-t-elle.

— Elle est merveilleuse ! s'écria madame de Molenne, enfin conquise.

Jean-Hugues comprit qu'il devait se montrer à la hauteur de son amour.

— Viens, dit-il à Natacha.

Il lui tendit la main et tous deux se rendirent dans la salle de bains.

Ils regardèrent couler l'eau. Dans quelques instants, ils le savaient, ils seraient séparés. Jean-Hugues s'appuya à la porte verrouillée et, la tête légèrement renversée, les yeux dans le vague, il laissa parler son cœur :

— Natacha, avant que tu… que tu partes, je veux te demander pardon. Quand je t'ai créée, j'étais un mec un peu con. Je voulais juste une blonde avec des gros seins.

Il eut un rire que les sanglots étouffèrent.

— Je ne savais pas que j'allais t'aimer. Tu es… tu es ma première fois.

Il la regarda. Comment aurait-elle pu le comprendre ? Lui-même savait à peine ce qui se passait en lui.

L'eau montait. Machinalement, il y plongea la main pour en vérifier la température. Ni trop chaude ni trop froide. Qu'au moins elle ne souffre pas. Il lui semblait faire les préparatifs d'un sacrifice à quelque dieu barbare nommé Alias.

— Voilà, dit-il en fermant le robinet.

Natacha posa un doigt sur les lèvres de Jean-Hugues. C'était sa manière de demander un baiser. Il la serra contre lui, l'embrassa puis la repoussa.

— Sauve Lulu.

Il sentait venir l'évanouissement comme un voile descendant sur ses yeux. Elle porta les mains à son cœur :

— Mal, dit-elle.

Ils s'aimaient, lui le joueur et elle la guerrière.

Alors, elle entra dans l'eau jusqu'aux genoux. Un grand frisson la saisit. Elle se prit elle-même dans ses bras.

— Armure d'invincibilité opérationnelle à 30 %…

Lentement, elle s'accroupit.

— 20 %, 15 %…

Elle jeta un regard à Jean-Hugues. On y lisait la peur et le refus. Elle cria :

— Non !

Une explosion. Puis plus rien.

Jean-Hugues se laissa glisser le long de la porte jusqu'au sol carrelé.

— Natacha, murmura-t-il une dernière fois.

CHAPITRE XXI

UN BMW, ÇA VA...

Après deux jours et deux nuits passés en cellule, Albert était content de se retrouver dans le bureau de BMW aux Quatre-Cents. Les mains dans les poches, il promenait un regard goguenard autour de lui. Sur le tableau d'honneur des caissières figurait la photo de l'une d'elles, Soraya, élue employée du mois.

Inscrites en grandes lettres sur des banderoles de papier, des maximes résumaient la philosophie de la maison : « Vendre c'est vivre » et « Un bon chariot est un chariot plein ».

— Celle-là est gratinée, dit Albert en tapant du doigt sur « Un rayon sans promotions, c'est comme un soleil sans rayons ».

— Je ne vous ai pas fait venir ici pour que vous ironisiez sur le management de mes magasins, fit dans son dos la voix glaciale d'Orwell.

Albert était parvenu à ses fins. Il avait réussi à convaincre Orwell de déplacer l'ordinateur bleu. La machine trônait à présent sur le bureau de Martin-Weber.

Créer un golem était une chose, avait-il expliqué à Orwell, le récupérer en était une autre. Si la créature s'éloignait de l'ordinateur et se mettait à vagabonder, elle risquait d'échapper à tout contrôle. Puisque l'expérience consistait à observer le comportement d'un BMW bis, il fallait la mener là où le gérant évoluait habituellement : au Mondiorama.

Orwell se méfiait d'Albert et de tout ce qu'il disait. Il avait donc pris ses précautions. Trois types armés rôdaient dans le Mondiorama. Bernard Martin-Weber pouvait voyager en paix. Son magasin était bien gardé.

À cet instant précis, BMW, le vrai, songeait avec délice : « Quand même, ma vie a changé. Depuis que je suis membre du conseil d'administration, c'est autre chose ! »

Il roulait en plein cœur de Paris dans une limousine noire, conduit par un chauffeur à casquette. Dans sa poche, il y avait un billet de train. Première classe, naturellement.

Sa destination : Tripotard-sur-Meurdre. Sa mission : voir s'il était envisageable de racheter (pour une bouchée de pain) les anciens bâtiments industriels Toulinex afin d'y créer un MC Center. Un complexe comprenant un Mondiorama, un Mondiociné et un MC Quick.

Malgré tout, un détail le turlupinait.

— Vous en conduisez souvent, des membres du conseil d'administration ? demanda-t-il au chauffeur.

— Oui, monsieur.

— Et est-ce qu'ils se rendent parfois dans des endroits comme Tripotard-sur-Meurdre ?

— Jamais, monsieur.

« C'est bien ce qu'il me semblait, se dit Martin-Weber. La tâche qu'on m'a confiée n'est pas vraiment digne d'un membre du CA. C'est que je débute... »

— Puis-je vous déposer là, monsieur ?

La limousine s'était arrêtée devant les verrières de la gare du Nord. BMW faillit demander au chauffeur s'il n'avait pas l'habitude d'accompagner les membres du CA jusqu'au quai, en portant leur mallette.

— Oui, c'est bien, marmonna-t-il.

En descendant, Martin-Weber prit soudain conscience que personne ne lui avait parlé du retour. L'attendrait-on à la gare ? Rien n'était moins sûr.

« Finalement, pesta-t-il intérieurement, ma vie n'a pas tellement changé. »

Dans la gare, son œil fut attiré par les panneaux lumineux : TRAFIC PERTURBÉ. Simultanément, une voix métallique apportait à ses oreilles la même information : « *En raison de mouvements sociaux, le trafic subira d'importantes perturbations*... » Incrédule, BMW marcha jusqu'au quai numéro 8.

Une large banderole l'attendait, proclamant : « Les cheminots avec les Toulinex. » Martin-Weber cracha un juron. C'était foutu pour Tripotard-sur-Meurdre. Et, naturellement, le chauffeur s'était empressé de le planter.

Avec un peu de chance, le RER serait en grève, lui aussi.

Le BMW qui trépignait sur le quai numéro 8 se croyait unique en son genre. Pourtant, à quelques kilomètres de là, une créature qui lui ressemblait trait pour trait souriait sur l'écran de l'ordinateur bleu.

Albert sentit que quelque chose le liait à Orwell : la même curiosité, la même envie de réussir. Il lui déplaisait d'avoir quoi que ce soit en commun avec le maître de la MC. Mais il ne pouvait résister à l'excitation du moment. C'était son tour de faire sortir une créature de la boîte magique. Et ce n'était que justice. De quel droit un tel privilège aurait-il été réservé au petit prof ?

Lorsqu'un fin quadrillage enveloppa la silhouette du golem Martin-Weber et qu'un rayon jaillit soudain de l'écran, Albert éprouva la fierté du créateur. Golem était son jeu et l'ordinateur lui appartenait. Près de lui, Orwell brandissait un petit pistolet transparent. Un jouet d'enfant, qu'il avait empli d'eau.

— Ça marche, chuchota Orwell, ça marche !

Le pistolet à eau tremblait au bout de son bras. L'ordinateur travaillait dans un bruit de soufflerie. Progressivement, le quadrillage s'estompa et la silhouette prit de la densité. Bientôt, l'hologramme flottant au-dessus du sol se mua en une incarnation convaincante du gérant, aux pieds bien plantés sur la moquette. Seul un détail clochait. Sur le front dégarni, quatre lettres se détachaient : EMET.

— Les gens ne vont voir que ça, dit Orwell. Donnez-lui la casquette.

Albert jeta la casquette Mondiorama au golem, qui l'attrapa avec habileté.

— Mets la casquette, ordonna Albert sur le ton dont il aurait dit « couché » à son chien.

— Trop cool, dit BMW bis en vissant la casquette sur sa tête.

— Non ! s'écria Orwell. Pas comme ça.

Le golem avait mis la casquette à l'envers, visière sur la nuque, façon djeun.

— Cool, *man*, le calma BMW.

Il sourit niaisement, montrant un croissant de dents semé d'étincelles, et posa la main sur la poignée de la porte comme s'il souhaitait s'en aller. Orwell ne s'affola pas, la porte était fermée à clef. Mais BMW passa au travers, s'éparpillant en milliards de pixels.

— On s'éclate, les keums, dit-il, une fois de l'autre côté.

Orwell lança à Albert un regard paniqué :

— C'était prévu, ça ? Pourquoi a-t-il le pouvoir de traverser les cloisons ?

Albert eut un rire insouciant.

— Vous ne trouvez pas ça épatant ?

— Crétin, fit Orwell entre ses dents.

Le magasin était calme en ce mercredi matin. Quelques gosses en liberté lorgnaient dans les rayons les sachets de Morvenbar (une nouveauté qui démarrait mollement) et s'encourageaient mutuellement à les voler.

— P'tain, le proprio ! s'exclama l'un d'eux.

BMW avait surgi, tout sourire et le front estampillé.

— Hé ! les keums, fit-il d'une voix qui hésitait entre Robocop et caillera. Il est pas cool, le rangé avec sa sketka ?

Les gosses restaient médusés.

— Il est pas cool, le rangé du Maradiomon ? insista le golem.

Puis tentateur :

— Vous voulez de la pâte à prout ?

Les mômes reculèrent comme s'ils avaient vu apparaître le diable.

— C'est interdit, ça, m'sieur.

— C'est de la merde, la p à p.

Au rayon des produits frais, une jeune femme vantait au micro les charmes des artichauts de Bretagne.

— Pleins feux sur notre produit du jour, disait-elle. L'artichaut est-il meilleur froid que chaud ? En tout cas, il est en promotion pour encore une demi-heure. Ah, j'aperçois notre gérant qui a sûrement une nouvelle promo…

La jeune femme resta bouche ouverte. Elle venait de voir les quatre lettres frappant le front du golem. Passant le revers de la main sur son propre front, elle lui fit signe de s'essuyer. Mais BMW s'approcha d'elle et proposa dans le micro :

— Vous voulez de la pâte à prout ?

Albert et Orwell suivaient les déplacements du golem sur les écrans de contrôle qui permettaient à BMW de surveiller les clients.

— Il a besoin de quelques petits réglages, nota Albert, sans cacher son amusement. Il a encore quatre vies pour se perfectionner.

Orwell ne semblait pas prendre plaisir au spectacle.

— Il faut le récupérer. Comment comptez-vous faire ?

Albert haussa une épaule.

— Vous ne savez pas ? s'irrita Orwell. Alors, vous faites n'importe quoi ! Dites-le, c'est n'importe quoi !

— La golémisation des gérants n'est pas une science exacte.

Le ton détaché d'Albert mettait Orwell hors de lui.

— Je veux des golems à ma botte, martela-t-il, des golems qui m'obéissent, je veux un monde peuplé de golems dont je serai le maître…

Albert le regarda avec intérêt. Telle était donc l'ambition d'Orwell, devenir le commandant en chef d'une armée de zombies.

— Je veux des golems qui remplaceront tous ces incapables dont je suis entouré !

— Vous avez raison, l'approuva Albert. Moi aussi, je préfère la version golem de BMW. Nettement plus drôle.

— Débrouillez-vous pour le récupérer, ordonna Orwell. La plaisanterie a assez duré. Et la prochaine fois, je veux une réplique parfaite. Raciste, pingre et chiant. Comme notre ami Martin-Weber.

La porte du bureau s'entrouvrit.

— On parle de moi ? dit une voix.

Les deux hommes se retournèrent. Martin-Weber leur souriait d'un air embarrassé, sa mallette à la main.

— Vous n'êtes pas à Tripotard ? s'étonna Orwell.

— Grève des cheminots, répondit BMW. Je t'enverrais la troupe, moi, pour remettre tout ça au travail !

— Le vrai est amusant aussi, remarqua Albert.

À ce moment, du petit haut-parleur situé sur la console surgit une voix que Martin-Weber ne pouvait manquer de trouver familière.

— Vous ne voulez pas de la pâte à, de la pâte à prout, prout, djeun et cool.

Le golem s'emmêlait les circuits. Orwell fit un geste pour empêcher le gérant d'approcher. Mais trop tard. BMW avait aperçu sa propre image sur l'écran de contrôle.

— Qu'est-ce que c'est ? bredouilla-t-il. D'où il sort, ce... ce...

— Ce n'est rien, fit Orwell, le ton cassant. Une petite expérience. Un sosie. Voilà. Un sosie.

— Il vient par ici ! s'exclama Martin-Weber. Je ne veux pas le voir... je ne peux pas...

Le golem se dirigeait vers le bureau du gérant, peut-être rappelé par Alias. Un sourire cruel naquit sur les lèvres d'Orwell.

— J'ai inventé un nouveau jeu, dit-il. Je vous préviens, il n'y a qu'un gagnant.

Le golem entra dans le bureau comme il en était sorti, sans se donner la peine d'ouvrir la porte. Martin-Weber le regarda se reconstituer d'un œil effaré.

— Mais comment il fait ? Mais c'est impossible...

— Un seul gagnant, rappela Orwell.

Il se tenait au centre de la pièce comme un arbitre au milieu du ring. À sa droite, Bernard Martin-Weber, livide. À sa gauche, le golem, hideusement marqué au front. Il n'en fallut pas plus pour que le mauvais fond d'Albert refît surface.

— Cent euros sur le golem, paria-t-il.

Orwell lui jeta le regard méprisant de l'homme qui ne saurait parier qu'à coups de millions de dollars. De sa poche droite, il sortit le petit pistolet à eau et le tendit à BMW.

— Et pour que la lutte soit à armes égales…

De son autre poche, il sortit un revolver argenté qu'il lança au golem.

— Vous êtes fou ! protesta Albert.

BMW contempla, incrédule, le jouet qu'il avait en main.

— Battez-vous, Bernard, l'encouragea Orwell. À la MC, il n'y a place que pour les vainqueurs !

Le golem, l'air ravi, brandit son arme en direction de BMW :

— Trop cool. *Ratatata !*

Cette première rafale était une simple onomatopée. La suivante ne serait peut-être pas aussi inoffensive.

— Pitié, murmura Martin-Weber en s'abritant derrière son fauteuil directorial.

— Tirez, mais tirez ! lui cria Albert. L'eau le fait disjoncter.

Martin-Weber pressa la petite crosse de plastique transparent. La misérable giclée d'eau fit ricaner Orwell.

— Pas sur la moquette, dit-il. Vous êtes trop loin. De l'audace, mon vieux !

Mais le gérant n'eut pas l'occasion de se montrer audacieux. Le golem était plus vif que lui. En deux bonds, il contourna le fauteuil.

— Arrêtez ! hurla Albert. Arrêtez ça, Orwell !

Le golem pressa la détente. *Clic.* Recommença, dépité. *Clic, clic.* Dans une folle envie d'en finir, Martin-Weber se rua sur son double. Avant de l'étreindre, il eut le réflexe d'appuyer sur la crosse de son pistolet. Il ne restait plus que quelques gouttes d'eau mais ce fut suffisant. Le golem explosa et la déflagration envoya BMW s'écraser contre le tableau d'honneur des caissières.

— Il est électrique, murmura-t-il avant de s'effondrer.

Orwell ramassa son revolver et adressa un sourire narquois à Albert. Puis, sortant une à une les balles de sa poche, il rechargea son arme.

Quelques instants plus tard, deux gardes appelés sur leur portable entrèrent dans le bureau.

— Dégagez ça, leur ordonna Orwell en donnant un coup de pied dans le corps inerte du gérant. À l'hôpital des Quatre-Cents.

Il y avait là-bas un docteur à lunettes noires qui saurait s'en occuper. Les deux hommes soulevèrent BMW, toujours sans connaissance, et quittèrent le bureau, l'un soutenant la tête, l'autre portant les pieds. Albert suivit le cortège d'un sombre regard.

Un crépitement de machine à écrire le fit se retourner vers l'ordinateur. Alias faisait le constat réglementaire :

GOLEM BMW

Taille.................... à l'échelle
Motricité................. bonne
Vision.................... bonne
Audition.................. bonne
Sensation................. médiocre
Matérialisation........... médiocre
Armement.................. néant
Armure d'invincibilité ... néant
Nombre de vies restantes . 4

CHAPITRE XXII

GAME OVER

Immobile sur l'écran, le nouveau golem Martin-Weber attendait qu'on lui donne vie. Albert et Orwell étaient penchés sur lui comme deux méchantes fées sur un berceau.

— Je ne veux pas vous décourager, Orwell, mais on ne pourra jamais égaler la bêtise de l'original.

— Rassurez-vous, mon projet n'est pas…

Orwell laissa sa phrase en suspens puis reprit d'un ton âpre :

— À quoi ça sert de posséder la moitié de la planète si un robot peut vous frapper en plein cœur, hein ? Ce qui s'est passé à Gruyères ne doit plus se reproduire. Plus jamais.

Orwell plaça sous le nez d'Albert un dessin qui semblait sorti d'une bande dessinée. On y voyait un personnage tout en muscles, au front bas et au menton carré. Il portait un pagne en peau de bête, que complétaient une cartouchière et une Kalachnikov. C'était quelque chose entre Tarzan et Rambo.

— Je veux deux mille Mondialitor. Deux mille brutes qui n'aient qu'un seul maître : moi.

— Vous savez quoi ? Je me demande si les jeux vidéo n'ont pas une mauvaise influence sur vous.

Orwell eut un geste agacé.

— Assez bavardé. Sortez-moi notre nouveau BMW. Qu'est-ce que vous avez ?

Albert avait tressailli. Vite, il s'empara de la souris et fit disparaître de l'écran le tableau qui venait de s'afficher : `GOLEM NATACHA`. Sur la dernière ligne, après `Nombre de vies restantes`, avait-il bien vu le chiffre 1 ? Une seule vie restante pour Natacha ?

— Albert ? s'impatienta Orwell.

— Je suis prêt, répondit Albert.

Sur l'écran, le golem BMW attendait toujours. « Que s'est-il passé ? songea Albert. Cet imbécile de Jean-Hugues n'est donc pas capable de veiller trois jours de suite sur l'amour de sa vie ? »

Albert s'efforça de maîtriser le tremblement de ses mains. Il se sentait troublé à l'idée que cette fille si dangereuse se trouvait à présent *là-dedans*. Pour une raison inconnue, Natacha avait réintégré son petit cercueil électronique.

Ce n'était pas le moment de se mélanger les pinceaux. Albert avait une manipulation à accomplir. Il réservait une surprise à Orwell. Le golem BMW n'était qu'un leurre. Une image inerte qu'Albert avait placée en guise de premier plan. Le véritable fruit de son travail se situait juste au-dessous. Dans quelques secondes, le masque allait tomber.

L'ordinateur émit son ronflement caractéristique, annonçant qu'il se mettait à l'ouvrage. Presque aussitôt, le faisceau jaillit, poussant dans un bouillonnement lumineux une impalpable silhouette. Désormais, le processus était d'une rapidité à couper le souffle. Orwell n'eut pas le temps de crier sa stupeur que déjà la créature se tenait devant lui, aussi évidente que la chair et l'os, aussi parfaite qu'un reflet dans le miroir.

— Qu'est-ce que c'est que ça ?

— Mais... c'est vous, Orwell.

Alias avait scanné le maître de la MC quand il était passé sous le portique, le jour du conseil d'administration.

— Faites-moi disparaître ça ! paniqua Orwell.

Un mélange de fureur et de répulsion lui déformait les traits tandis que son golem demeurait impassible au milieu de la pièce. Albert en avait fait le plus servile des domestiques, n'ayant que deux phrases pour tout bagage : « Tout va bien » et « Les choses vont changer ». Un instant, Orwell hésita, ne sachant plus s'il devait régler son compte à Albert ou au golem. Albert s'élança sur lui et referma le bras autour de son cou.

— À moi, au sec...

Le cri s'étrangla dans la gorge d'Orwell.

— Taisez-vous ou je serre...

— Vous n'irez pas loin, haleta Orwell.

— Mais si... Vous n'avez pas compris ? Votre golem est programmé pour obéir. Nous allons sortir ensemble, lui et moi. Vos hommes ne s'y opposeront pas. Ensuite, j'ai des projets pour lui. Peut-être va-t-il me nommer à la tête de la MC ?

Albert poussa un hurlement de douleur. Orwell venait de lui frapper le tibia d'un coup de talon, de toutes ses forces. Profitant du bref relâchement de l'étreinte, le maître de la MC se dégagea. Au bout de ses doigts brillait le canon argenté de son arme. Il jeta un regard mauvais en direction de son jumeau.

— Tout va bien, lui dit aimablement celui-ci.

— Je n'ai plus besoin de vous, Albert, pour faire et défaire des golems, dit Orwell. Vos opérations sur le clavier de l'ordinateur ont été enregistrées. Je les ferai analyser. Savez-vous ce qui me gâche mon plaisir ?

Albert fit signe que non, d'un lent mouvement de la tête.

— C'est que personne ne vous regrettera.

Le revolver se mit à monter du plexus vers le cœur, du cœur vers le front. Orwell cherchait où loger sa balle. Albert fit une dernière tentative pour sauver sa peau :

— Alias ne collabore pas avec le premier venu. Vous avez encore besoin de moi, Orwell.

— Jamais je ne pourrai vous faire confiance. Adieu, Albert.

« Ça y est, c'est fini », se dit Albert. Il ferma les yeux. Puis les rouvrit aussitôt. Une onde lumineuse venait de frôler ses paupières closes. Était-ce donc cela, la mort ?

Mais non, c'était le faisceau. Un bref instant, Albert crut que l'ordinateur avait décidé de ramener le golem au bercail. Erreur. Celui qui se débattait, l'air épouvanté, dans la grande tranche de lumière, était le véritable Orwell. La fine résille électronique l'enveloppait. On l'aurait dit pris dans un filet. Comme dans l'arène, au temps des Romains, quand le rétiaire capturait son adversaire.

Orwell ouvrait la bouche, il devait hurler. Mais aucun son n'en sortait. Albert restait sur ses gardes. Alias allait forcément se rendre compte qu'il s'était trompé. Il allait libérer Orwell et jeter ses filets sur l'autre, la copie.

Il n'en fut rien. La silhouette d'Orwell rapetissa de façon fulgurante, tandis qu'un flux d'électrons l'emportait. Le maître de la MC traversa la vitre du moniteur aussi aisément que s'il avait fait un plongeon dans l'eau.

À présent, Albert savait qu'Alias ne s'était pas trompé. Alias ne commettait jamais d'erreur. Il avait pris celui qu'il désirait attraper. Puis Albert comprit autre chose.

— Merci ! lança-t-il à l'ordinateur.

Alias lui avait sauvé la vie.

Albert se pencha vers l'écran. Il reconnut les sombres paysages urbains de Golem City. Les enseignes y vantaient alcools et tabacs. Les immeubles les plus hauts, les plus beaux étaient ceux de la Mafia. C'était le décor qu'Albert avait créé. Mais là, sur le trottoir, il y avait cette chose incroyable, un humain virtualisé. Incrédule, Albert toqua à l'écran. En vain. Réduit à quelques centimètres pixellisés, Orwell appartenait à l'autre univers. Il se retourna à l'approche de trois hommes. Sous la maigre lumière du réverbère, seules brillaient la lame des couteaux et quelques dents en or. Ils souriaient, sûrs de leur fait.

Orwell tenait toujours à la main le petit revolver à canon argenté. Il tendit le bras et tira trois fois. *Djin cling*, bonus : trois paquets de dollars à empocher. Albert se laissa tomber sur la chaise en face de l'écran. Les trois malfrats gisaient sur le bitume luisant de Golem City. Orwell s'était inséré dans le scénario du jeu vidéo. Et il gagnait. Une moto bleu et or s'arrêta à sa hauteur, conduite par le petit guerrier casqué.

— On y va, boss ? dit la voix de synthèse.

La moto s'arracha dans un bruit de tonnerre. Albert connaissait le tableau suivant. Le joueur se retrouvait devant Golem's Victory, le plus haut building de Golem City, là où attendait le golem. Orwell y pénétra. Dans le hall, un panneau lumineux dont les chiffres se modifiaient sans cesse indiquait aux visiteurs :

GOLEM CITY

Pop : 12 678 887
Aujourd'hui :
Temps : couvert
Indice de pollution : 8
Meurtres : 594
Attentats : 9

— Quel étage, monsieur ? demanda le liftier.

— Sixième, répondit Orwell.

Une petite sonnette tinta et le liftier annonça :

— Sixième étage. Murder Corporation.

La porte grillagée de l'ascenseur s'ouvrit. Avec l'instinct du joueur, Albert resserra la main sur la souris. Des tueurs de la Murder Corporation allaient surgir. Orwell en buta trois et empocha un nouveau bonus. Pour échapper à la Murder Corporation, il fallait gagner un escalier de secours. Orwell le savait et c'est ainsi qu'il accéda au septième étage. L'étage du golem.

Orwell parcourut les corridors jusqu'à la chambre 777, une lugubre chambre d'hôtel au lit défait. Les enseignes de la rue y projetaient une lumière brutale tantôt rouge tantôt verte. Au pied du lit, sur une carpette élimée, il y avait une tache blanche. Orwell s'en approcha et sortit un papier de sa poche. Albert crut y entrevoir le dessin de Mondialitor. Orwell espérait-il créer un golem ? C'était impossible sans l'aide du joueur, sans les quatre lettres du mot EMET tapées sur le clavier.

Orwell donna un petit coup de pied dans la tache blanche. Celle-ci s'étala sur la carpette puis se recontracta en une boule de pixels clignotants. La vie était là, en sommeil, attendant un nouveau rabbin Loeb. Orwell s'agenouilla et se mit à pétrir la boule. Il dégagea la forme de la tête puis étira deux bras, deux jambes. Il bâclait, il semblait pressé. À l'emplacement du front, il enfonça le doigt. Albert devinait à ses gestes ce qu'il faisait. Orwell était en train de tracer les lettres EMET, il était en train de donner vie au golem.

La porte de la chambre 777 s'ouvrit alors lentement. Orwell, aux aguets, dut entendre le grincement des gonds. Il fit face, l'arme au poing.

C'était Natacha. Sublime guerrière dans la lumière rouge sang. Effrayante semeuse de mort dans la lumière verdâtre. *Pwijj*, *pwijj*. Orwell tomba, frappé à la tête et au cœur par le dégom-laser.

— Non, souffla Albert, incrédule.

Le maître de la MC était-il mort pour de vrai ? Meurt-on de l'autre côté ? Albert eut à peine le temps de se poser ces questions. Le décor de la chambre disparut et laissa place à un tableau où s'inscrivaient noir sur blanc les

```
                SCORES

ORWELL   : 0
CALIMÉRO: MC Oil
          MC Supermarkets
          MC Research
          MC Quick...
```

Sous les yeux ahuris d'Albert, toutes les entreprises de la Mondial Company défilèrent, alignant leurs milliards d'euros. Alias offrait à son allié Caliméro toutes les richesses de la MC, y compris les comptes bancaires numérotés d'Orwell.

Puis le tableau s'effaça et le jeu revint à la petite chambre d'hôtel.

— Bonjour, toi, lui dit Natacha, la pose sexy, main sur la hanche.

Elle était seule dans la pièce. La souris à la main, Albert parcourut l'écran à la recherche d'Orwell. Il cliqua sur l'armoire comme l'y invitait une petite main. Mais elle ne contenait que quelques cintres.

Il inspecta ensuite une commode. Rien. Orwell s'était volatilisé. La mort virtuelle est pire que la mort même. Orwell semblait n'avoir jamais existé. Ou bien était-il passé dans quelque autre décor ? Comme la flèche du curseur, une nouvelle fois, se transformait en une petite main, Albert cliqua étourdiment. Puis il fit un bond sur son siège.

— Merde !

Il avait ouvert la grosse porte en bois derrière laquelle la horde des Malfaisants attendait son heure.

— Mais putain, je le savais !

Furieux contre lui-même, Albert voulut se battre contre ces monstres qu'il avait créés, cyclopes, sorcières, hybrides de grenouille et de girafe, limaces à la bave empoisonnée, tous ces visqueux cauchemars que la porte ne cessait de vomir. Mais il eut beau cliquer et cliquer, il était impuissant. Seule Natacha pouvait lutter, arrosant l'ennemi d'un jet de feu. Mais déjà elle était encerclée et des bêtes la mordaient au talon. Les premiers projectiles atteignaient Natacha au visage. Le sang lui troublait la vue. Ou c'étaient des larmes.

— Elle pleure, elle pleure, balbutia Albert.

Natacha était en train de mourir. Les lettres EMET s'effaçaient une à une de son front. Le dégom-laser hoqueta puis se tut.

Albert détourna les yeux pour ne pas assister à la curée. Les bêtes dévoraient Natacha.

GAME OVER

Albert lança la souris contre l'écran.

— Tout va bien, fit une voix dans son dos.

Épouvanté, Albert se redressa. Orwell ! Orwell était là, souriant et répétant :

— Tout va bien.

Sur son front étaient inscrites les quatre lettres EMET. Un rire nerveux secoua les épaules d'Albert. Il avait oublié le golem qui s'était sagement déconnecté pendant toute la durée de la partie.

— J'ai de grands projets pour toi ! lui annonça Albert.

À quoi le golem répondit :

— Les choses vont changer.

CHAPITRE XXIII

SAUVEZ LULU !

L'appartement de Jean-Hugues affichait complet. Samir dormait sur le canapé du salon. Dans la journée, Majid et Sébastien le rejoignaient et, depuis vingt-quatre heures, une jeune femme exténuée se reposait dans la chambre de madame de Molenne.

Cet après-midi-là, à l'heure du thé, on sonna à la porte. Madame de Molenne crut que c'était Emmé et elle s'empressa d'aller ouvrir. Elle s'entendait à merveille avec madame Badach. Mais sur le palier, deux hommes attendaient la permission d'entrer. Madame de Molenne identifia tout de suite l'un d'eux :

— Oh, mon Dieu, vous êtes Albert !

— Tout va bien, dit l'homme qui l'accompagnait.

Il avait l'air particulièrement aimable. Il portait un ordinateur.

— Entrez donc, lui dit madame de Molenne. Vous êtes terriblement chargé…

— Tout va bien, répéta l'homme.

« Enfin quelqu'un qui va nous remonter le moral », songea madame de Molenne.

— Jean-Hugues est allé faire une course, dit-elle. Posez l'ordinateur, monsieur.

Elle reconnut alors l'appareil de Jean-Hugues.

— Vous avez réussi à le récupérer ! s'exclama-t-elle.

— Les choses vont changer, dit l'homme.

— En effet, ça change tout, l'approuva madame de Molenne. Est-ce que vous avez pu contacter Alias ?

Elle s'était tournée vers Albert mais ce fut son souriant compagnon qui répondit :

— Tout va bien.

Madame de Molenne marqua un petit temps d'étonnement puis enchaîna :

— Vous avez raison. *Think positive*, comme disent les Américains.

— Les choses vont changer.

— Absolument, c'est une question de… de mental.

Madame de Molenne jeta un regard désemparé à Albert. Le jeune informaticien rigolait franchement. D'une pichenette, il fit tomber la casquette qui cachait le front du golem. Les lettres EMET apparurent. Madame de Molenne eut un cri d'effroi.

— Tout va bien, la rassura le golem.

Dès que Jean-Hugues fut revenu, on tint conseil dans le salon. Il ne fallut que quelques secondes pour rebrancher l'ordinateur et retrouver le jeu.

— On va rappeler Natacha, se réjouit Jean-Hugues.

— Ce n'est pas le plus urgent, le rabroua sa mère. Il y a Lulu.

Jean-Hugues ravala son impatience et se tourna vers Albert.

— Tu peux contacter Alias ?

Albert se positionna en séquence 12 et cliqua sur le nain de jardin. Le dialogue pouvait commencer.

— Qu'est-ce que je lui dis ?

— Demandez-lui qu'il nous rende Joke, fit Samir d'une toute petite voix.

Albert acquiesça et tapa son message : `Joke peut-il ressortir` ? L'écran afficha :

```
NPNIUAZH@NFAO94NF/ 1587634JHF0125
ONPKOI0129JNF0/FAO9R34ND1
NCPA004C@N/CAPO1688GZPOT
```

Puis Alias précisa : `Joke est un bug.`

Chacun en silence médita la réponse. N'y avait-il aucun espoir ?

— On pourrait faire sortir Natacha ? hasarda Jean-Hugues.

Samir, Majid, madame de Molenne et Albert posèrent sur lui un regard désapprobateur. Seul le golem l'assura que tout allait bien. Albert reprit le dialogue avec Alias. Il lui expliqua le lien vital qui existait entre Joke et Lulu. Mais Alias persista :

`Joke n'est pas un golem. Le joueur ne peut pas le faire sortir.`

Albert soupira. L'intelligence artificielle ne voulait rien entendre.

— Ce n'est justement qu'une intelligence, expliqua-t-il à Samir. Il a une logique, mais pas de sentiments.

Samir, qui pleurait sans bruit, fit signe de la tête qu'il avait compris.

— Quand même, intervint Majid, vous pouvez pas dire à Alias que... que Caliméro est triste ?

Albert sourit à Majid. Il savait que le chagrin de Caliméro n'aurait aucun sens pour Alias. Mais il était important que chacun pense avoir tout fait pour sauver Lulu. Il écrivit donc : Lulu va mourir. Caliméro est triste. Puis il attendit et la réponse qui s'afficha le laissa un instant sans voix.

Alias est triste, lut-il enfin. Alias pleure.

— C'est Natacha ! s'écria Jean-Hugues.

Tout le monde laissa échapper un soupir excédé.

— Mais si ! reprit Jean-Hugues. Natacha a transféré ses données. C'est elle qui a appris la tristesse à Alias. Alias n'est plus seulement une intelligence. Il comprend nos sentiments.

— Les choses vont changer, dit le golem.

— Peut-être, murmura Albert.

Il tapa alors sur le clavier :

Alias, aide-nous ! Sauve Lulu.

Tout le monde fit cercle autour de l'ordinateur et Albert lut :

Alias va sauver Lulu. Caliméro doit mettre l'ordinateur dans le décor de l'hôpital.

Les deux gamins poussèrent un cri de triomphe. Pour eux, Joke allait ressortir et se reconnecter à Lulu. Albert ne dit rien. Il savait qu'Alias obéissait à des règles aussi immuables que celles d'un jeu vidéo. Il ne lui était pas possible de transformer un bug en golem.

— M'sieur Albert, où c'est qu'il faut porter l'ordinateur ? demanda Majid. Si on le met devant l'hôpital, ça suffit ?

Albert fit non de la tête.

— Il faut poser l'ordinateur à côté de Lulu. Mais le risque...

— C'est sûr, c'est risqué, l'interrompit Samir. Il y a Lunettes noires.

Albert pensait à un autre risque. Il n'avait pas oublié ce qui était arrivé à Orwell. Il écouta distraitement Samir et Jean-Hugues qui échafaudaient un plan pour prendre l'hôpital d'assaut. Puis il demanda à madame de Molenne la permission de dormir un peu.

— Mais bien sûr, allez vous étendre sur le lit de Jean-Hugues.

Jean-Hugues s'interposa :

— Non, maman. Albert sera beaucoup mieux dans ta chambre.

Madame de Molenne rougit légèrement. N'avait-elle pas voulu cacher quelque chose à Albert ? N'avait-elle pas voulu garder quelqu'un pour son fils ?

— Si je dérange, bougonna Albert, je peux m'étendre sur le canapé.

Jean-Hugues lui désigna une porte fermée :

— Va te reposer dans la chambre de ma mère. Je te dois bien ça.

Albert haussa les sourcils. Que signifiaient tous ces mystères ? Il fit deux pas en direction de la porte et se retourna. Tout le monde le regardait, l'encourageant d'un sourire. Albert abaissa la clenche de la porte et entra. Il faillit ressortir, car le lit était déjà occupé. Par une jeune femme. Une jeune femme blonde. Une jolie jeune femme blonde.

— Non, murmura Albert. C'est pas...

Il s'assit au bord du lit. Mais si, c'était :

— Nadia.

Jean-Hugues referma la porte. Au même moment, Nadia ouvrit des yeux ensommeillés.

— Toi ?

— Moi.

Ils joignirent leurs mains. Puis Nadia songea qu'elle n'était ni coiffée ni maquillée.

— Je dois être affreuse.

— Oui, mais je crois que je vais surmonter ma répulsion.

Il posa ses lèvres sur la bouche de Nadia. Puis il lui glissa à l'oreille :

— On va se faire un super beau mariage, ma chérie. J'ai mis un peu d'argent de côté.

Il cligna les yeux, plus mauvais garçon que jamais.

— Trois cent vingt milliards d'euros.

CHAPITRE XXIV

MAIS QUE FAIT ALIAS ?

Au septième étage de l'hôpital, Lunettes noires s'apprêtait à quitter son service. Il jeta un dernier coup d'œil au box vitré dans lequel Lulu reposait. Dire qu'il aurait suffi de tirer sur quelques fils pour en être débarrassé ! L'enfant n'était pas dans un coma irréversible, mais il aurait été facile de l'y plonger.

Le médecin entra dans le box et tritura nerveusement un ou deux tuyaux. La MC lui avait demandé de faire disparaître toute trace des événements bizarres qui s'étaient déroulés à l'hôpital. Certes, il avait été royalement payé pour gaver les enfants de médicaments et permettre au MIB de faire des expérimentations sur la fillette. Mais toute cette histoire commençait à lui peser. Sans l'avoir vraiment décidé, il débrancha le tuyau du respirateur.

Au même moment, une rumeur dans le couloir lui fit froncer les sourcils. L'endroit était habituellement très silencieux. Il quitta le box sans rebrancher l'assistance respiratoire.

— Qu'est-ce que vous faites ici ? C'est interdit aux enfants.

Samir venait d'entrer.

— Mais… qu'est-ce que c'est ? Voulez-vous ressortir !

Majid, Aïcha et Sébastien entrèrent l'un derrière l'autre, suivis de madame de Molenne et d'Emmé.

— C'est interdit, répéta Lunettes noires.

Il se précipita vers la sortie et télescopa Albert. Il s'écarta prudemment de ce grand gaillard et prit la fuite. Dans le couloir, il croisa Nadia, Jean-Hugues et le golem. C'était une invasion !

— Vite, elle est là ! cria Samir.

Il avait repéré sa petite sœur dans le box vitré. Une sonnerie venait de se déclencher.

— Qu'est-ce qui se passe ? s'inquiéta Samir.

Emmé s'approcha de l'enfant. Elle était inerte. Le tube du respirateur s'enfonçait dans sa trachée mais sa poitrine ne se soulevait plus.

— Dépêche-toi, dit madame de Molenne à son fils. Je crois que la petite est en train de…

Jean-Hugues cherchait une prise pour son ordinateur.

— Ci débranché ! s'écria Emmé en attrapant un tuyau qui pendait le long du lit.

— Non, ça y est, c'est branché, se méprit Jean-Hugues. Je lance le jeu.

Alias avait-il compris l'urgence de la situation ? Un faisceau lumineux jaillit de l'écran et balaya la pièce.

— Y a pas Joke, remarqua Samir.

Il n'y avait aucune matérialisation en préparation, seulement l'image fixe de la roseraie sur l'écran. Le faisceau lumineux tomba sur Lulu comme un coup de projecteur. Albert se demanda alors s'il ne devait pas arracher la prise de l'ordinateur.

— Elle va mourir, lui chuchota Nadia.

En ce cas, il n'y avait plus rien à perdre. Le bruit de soufflerie s'accentua. Et l'inimaginable se produisit une seconde fois. Le petit corps perdit de sa densité, se pixellisa et rétrécit tout à la fois. Puis une trombe de lumière l'emporta à travers l'écran dans un bruit de succion. Sur la couche, il n'y avait plus que quelques fils et des tuyaux. Lulu avait disparu.

— Ma… ma sœur, bredouilla Samir.

Mal à l'aise, Albert tapota le moniteur.

— En principe, elle est là.

— Alias n'a pas fait ça, quand même ! hurla Samir.

Majid regarda l'écran et poussa une exclamation. Lulu était de l'autre côté, semblable à un personnage de jeu vidéo.

— Elle est morte ? murmura Sébastien.

— Elle marche, dit Nadia.

Tous encerclaient l'ordinateur et chacun parla à tour de rôle.

— Elle a l'air en bonne santé.

— On dirait qu'elle sourit.

— Est-ce qu'elle nous voit ?

Samir toqua à l'écran. Mais l'autre monde semblait inaccessible. Le décor s'animait peu à peu. Le soleil émergea de l'horizon et monta lentement. Une légère brise agita les feuillages.

Lulu, qui avait tant de mal à marcher dans la vie réelle, se mit à gambader sur le chemin. Les roses s'épanouissaient sur son passage. L'eau jaillissait des fontaines. Lulu avait amené la vie avec elle.

— Ci le paradis d'Allah, dit Emmé.

Albert, lui, pensait à la mort d'Orwell. Quel destin Alias réservait-il à l'enfant ?

— Tout va bien.

Samir fit face au golem. Il fallait qu'il passe sa rage sur quelqu'un.

— Non, ça va pas bien ! Va chercher ma sœur dans l'ordinateur, maintenant !

Jean-Hugues posa la main sur son épaule. Le garçon plongea son visage dans ses mains. Lulu était-elle morte ou en vie ? Était-elle encore Lulu ?

— Elle n'a plus mal, hein ?

— La souffrance n'existe pas là-bas, répondit Jean-Hugues.

— Elle va m'oublier…

— Elle est dans un autre monde, Samir. Tu n'y existes pas.

Au travers des larmes qui lui brouillaient la vue, Samir regardait Lulu. Elle s'était arrêtée devant la grotte où vivait le vieux singe. Au moment d'en franchir le seuil, la fillette se retourna et agita la main.

— Au revoir, fit une voix sortant du haut-parleur.

C'était la voix de Lulu. Elle disparut dans la grotte et l'écran devint rouge comme le rideau qui se baisse à la fin d'un spectacle.

Une fois de retour dans l'appartement, Emmé et madame de Molenne s'efforcèrent de consoler Samir.

— Alias a cru bien faire, lui dit Albert. Dans un sens, Lulu est sauvée.

Jean-Hugues rebrancha l'ordinateur. Il n'avait pas l'intention de rappeler Natacha. Il avait compris qu'elle faisait peur.

— Tu te repositionnes sur la séquence 12, lui indiqua Albert. On pourra dialoguer avec Alias.

— Je veux bien, dit Jean-Hugues, mais là, j'ai l'étoile avec le message : « Je suis celui qui est autrement appelé. »

Si Jean-Hugues répondait à l'énigme, le processus de matérialisation de Natacha risquait de s'enclencher. Albert fit bouger la souris, chercha une issue et n'en trouva pas. Ce fut lui qui prit la décision de taper `ALIAS`. Sur l'ordinateur s'afficha le message suivant : `Entre ton nom`. Jean-Hugues retint ses mains captives entre ses genoux serrés. Dire qu'il suffisait d'inscrire `CALIMÉRO` dans le cartouche pour qu'il puisse de nouveau prendre Natacha dans ses bras !

— Qu'est-ce qu'on fait ? murmura-t-il.

— On éloigne les femmes, les enfants et les dragons, répliqua Albert.

Malgré leurs protestations, tous durent quitter le salon. Mais Nadia regarda Albert dans les yeux et fit non de la tête. Elle était de taille à affronter la guerrière.

— Okay, Batwoman, se moqua Albert. À toi l'honneur !

Il lui désigna le clavier. Lettre après lettre, Nadia frappa le mot qui allait délivrer Natacha. Jean-Hugues broyait ses mains entre ses genoux.

— Caliméro, voilà, souffla Nadia en s'écartant de l'ordinateur pour laisser la place au faisceau lumineux.

Une seconde. Deux. Trois. Aucun bruit de soufflerie. Aucun jet de lumière. Albert donna une tape sur l'ordinateur comme on mettrait une bourrade à un camarade indécis.

— Il est bloqué.

Albert eut alors l'idée d'entrer le petit mot hébreu qui appelait les golems à la vie. `EMET`. Aussitôt, l'écran afficha le message connu :

`GOLEM NATACHA`

Mais ce qui suivait était pour le moins inattendu :

`Nombre de vies restantes : 0.`

— C'est n'importe quoi ! s'écria Jean-Hugues. Natacha a encore une vie !

Albert restait muet, le regard baissé. Jean-Hugues se tourna vers lui.

— Alias débloque, non ?

— Jean-Hugues, je dois te dire quelque chose. J'espérais que cela n'aurait pas de conséquence mais…

Il s'assit en face du jeune prof et lui raconta comment il avait cliqué par erreur sur la grosse porte de bois. Il épargna à Jean-Hugues le détail du combat entre les Malfaisants et Natacha.

— Natacha a perdu sa dernière vie, elle l'a perdue dans le jeu.

— Mais c'est impossible ! se révolta Jean-Hugues. Alias n'a pas le droit. C'est pas…

Il allait dire : « C'est pas de jeu. » Mais le désespoir l'étreignit si fort que les mots lui manquèrent.

— Alias fixe les règles, remarqua Albert.

Jean-Hugues se leva.

— C'est un salaud, un salaud, un salaud ! Il enlève Lulu, il tue Natacha !

Il se dirigea vers la cuisine, prit un verre et l'emplit d'eau. Albert lui barra la route.

— Qu'est-ce que tu veux faire ?

— Le détruire.

— Réfléchis. Tout ce que tu peux déclencher, c'est un court-circuit. Alias est dans le réseau, il circule comme il veut, il fait ce qu'il veut. Il peut mettre la planète sens dessus dessous. Cet ordinateur, c'est notre seul moyen de communiquer avec lui. Notre seule chance de l'empêcher de faire n'importe quoi.

Nadia s'était approchée.

— Merci, j'avais soif.

Elle prit le verre des mains de Jean-Hugues et le vida d'un trait.

Tous trois revinrent au salon. L'affichage de l'écran avait encore changé. On était dans Golémia et très exactement place Taliva, séquence 12.

— Ah, on va pouvoir parler à Alias, se réjouit Albert.

Il suffisait de cliquer sur le PNJ, le personnage nain de jardin. Or celui-ci avait disparu.

— Jean-Hugues, Nadia, c'est incroyable, venez voir !

Ils se penchèrent ensemble sur l'écran.

— Là, à la place du nain.

C'était Lulu. Albert pointa sur elle le curseur et cliqua. Lulu agita la main et dit :

— Bonjour, toi.

CHAPITRE XXV

LE NOUVEAU MAÎTRE DE LA MC

Samir prenait goût au chocolat chaud du matin et aux tartines à la confiture de fraises. Il se faisait tout petit chez madame de Molenne dans l'espoir qu'elle l'oublierait. Il se faufilait entre les meubles et les gens comme Bubulle, aussi affamé de tendresse que le petit dragon l'était d'électricité.

Pendant quelques jours avait régné une certaine agitation. Puis Albert et Nadia étaient partis pour Paris, emportant le golem et l'ordinateur. Le lendemain, Jean-Hugues les avait rejoints.

— Ça fait vide, hein ? dit madame de Molenne en entrant dans la cuisine. Allez, *pchit* !

Elle chassa Bubulle qui se rechargeait et brancha le grille-pain à sa place.

— Tu ne penses pas que tu devrais rentrer chez toi, Samir ?

C'était la phrase que Samir redoutait d'entendre.

— J'ai pas trop de chez-moi, m'dame.

Chez lui, ça puait la cigarette, et le petit koala n'y attendait plus personne.

— Mais tes parents ?

Samir touilla le chocolat au fond de son bol.

— J'ai pas trop de parents.

Madame de Molenne remua quelques cuillères sans grande nécessité. Elle songea : « Un fils sans mère et une mère sans fils. »

— J'espère qu'il ne va rien lui arriver, dit-elle à voix haute.

Samir comprit qu'elle parlait de Jean-Hugues.

— Y a Albert avec lui. Il assure.

Madame de Molenne sourit, amusé par le jargon du garçon.

— Toi aussi, tu… assures.

Samir se sentit tout bizarre. Fier, intimidé, reconnaissant. Alors, ça faisait cet effet-là, un compliment ?

— C'est quoi, votre vrai nom ? demanda-t-il. Je veux dire, votre prénom.

— Louise, avoua madame de Molenne, tout étonnée de l'entendre.

— C'est un nom de reine, ça. Ça vous va super bien !

— Tu ne serais pas un peu baratineur, Samir ?

Le garçon lui fit un clin d'œil.

— Comment que vous me pistez ! On voit que vous êtes psychologue.

Madame de Molenne se rengorgea. Elle ne se rendit pas compte que Samir la baratinait encore. Soudain, le garçon aperçut le dragon tout petit, tout aplati sous une chaise.

— Et Bubulle, s'inquiéta-t-il, vous allez le garder ?

— Eh bien, il n'a pas trop de maison ni de parents. Donc, je pense…

Madame de Molenne eut l'air d'hésiter.

— Je pense qu'il va rester. Tu crois qu'il sera heureux ici ?

Samir se sentit encore plus bizarre. Comme une envie de pleurer lui grattant le fond de la gorge.

— Vous êtes sympa. Pour une adulte, je veux dire.

— Beaucoup d'adultes le sont, Samir.

Madame de Molenne frissonna bien qu'il fît chaud dans la cuisine. Elle venait de repenser à Jean-Hugues. Dans quelques instants, il serait en face d'adultes pas du tout sympas.

Au même moment, Jean-Hugues essayait d'avaler un café. Il n'avait guère dormi. Ses yeux bleus enfiévrés, son visage pâle et défait, ses cheveux en épis lui donnaient plus que jamais un air adolescent. Il avait la nausée. Il reconnaissait ce malaise. Il en souffrait à chaque rentrée, au collège des Quatre-Cents.

Mais ce matin-là, il n'était pas dans la cuisine avec sa mère. Par les fenêtres du luxueux bureau, il pouvait apercevoir les tours de la Défense. Jean-Hugues était au siège de la MC.

Albert toqua à la porte. Il vit tout de suite dans quel état se trouvait le jeune professeur.

— Tu as bien révisé ? dit-il, le ton enjoué.

Jean-Hugues lui lança un regard lugubre.

— J'y connais rien.

Albert s'assit de l'autre côté du bureau et commença à ouvrir des chemises cartonnées de couleurs vives.

— C'est pas compliqué. Je t'ai mis un Post-it sur chaque dossier pour résumer. Tu vois, là, Takamaté ?

Il avait pris la chemise étiquetée « MC Research ».

— Le professeur Takamaté a utilisé des orphelins comme cobayes au Bondebarwa. On a les noms des enfants, la date des décès, le témoignage d'un médecin. Alias m'a sorti toutes les preuves. Et là, c'est la Pétaudière. Il a acheté un député pour qu'on laisse sa foutue usine à côté d'habitations. Alias m'a retrouvé la trace du chèque. Et pour MC Quick, j'ai la preuve que le bœuf…

— Okay, Okay, l'interrompit Jean-Hugues. Mais ça ne marchera pas.

D'un mouvement du menton, il désigna le golem assis tout raide et déconnecté. Albert tapa dans ses mains et le golem déclara :

— Tout va bien.

— Deux phrases, se lamenta Jean-Hugues. Il dit deux phrases !

De nouveau, on frappa à la porte. La secrétaire nouvellement engagée entra, les bras chargés de casquettes « Life is MC ».

— Ci les dernières, dit-elle.

— Parfait, madame Badach, fit Albert. Vous êtes superbe.

Emmé portait sa robe des grands jours, avec les coquelicots.

— Ils arrivent, ajouta-t-elle. Je donne les sketkas ?

— Casquettes, madame Badach, rectifia Albert. Ne parlez pas verlan, et quand vous donnez les casquettes, vous dites ?

— « MC, ci cool », récita Emmé.

Puis elle jeta un coup d'œil inquiet sur Jean-Hugues.

— Ti vas bien, prisident ?

— Ça ira, madame Badach, répondit Albert à sa place. Mais dites plutôt « monsieur le président » et évitez de le tutoyer.

— Ci pas facile, sicrétaire, comme métier, remarqua madame Badach en s'éloignant.

Dans la salle du conseil d'administration, les différents présidents venaient d'arriver. Contrairement à leur habitude, ils ne s'étaient pas assis à leur place. À voix basse, ils échangeaient leurs impressions sur cette convocation extraordinaire.

— Il paraît que... hum n'est pas en bonne forme.

— Ah ? Hum serait malade ?

Le nom d'Orwell semblait imprononçable. Quand la porte s'ouvrit, tout le monde tourna la tête, pensant le voir entrer.

— Assiyez, assiyez, les convia chaleureusement madame Badach.

Sir Andrew Slash, Herman Frankenboof et les autres, trop étonnés pour réagir, se dirigèrent vers leur siège. Qu'est-ce que cette fatma endimanchée faisait là ?

— MC, ci cool, dit Emmé en tendant une première casquette.

La Pétaudière sursauta et leva les mains en l'air pour éviter tout contact avec cette femme.

— Ti la mets sur ta tête, lui expliqua gentiment Emmé. Ci le prisident...

Elle se reprit :

— Ci monsieur le prisident qui le demande de faire. Comme ça, ti es cool.

Elle enfonça la casquette sur la tête du président de la MC Oil et passa à Alicia Raduku.

— Ci pratique, les cheveux courts.

Chacun eut droit à sa casquette assortie d'une aimable réflexion. La Pétaudière fut le premier à l'arracher dès qu'Emmé fut repartie.

— Que signifie tout ce cirque ?

Personne ne lui répondit. Alicia avait sorti une petite glace et cherchait à donner une inclinaison seyante à sa casquette. Le président de la MC Oil se demanda s'il ne prenait pas un risque en n'imitant pas ses collègues.

La porte s'ouvrit de nouveau et Orwell entra. Il portait la casquette « Life is MC », la visière bien rabattue sur le front. Furtivement, la Pétaudière replaça la sienne sur sa tête. Puis il fronça les sourcils. Le patron de la MC n'était pas seul. Une espèce de petit jeune homme l'accompagnait, des dossiers sous le bras. Les dirigeants se soulevèrent légèrement de leur fauteuil pour saluer Orwell. Celui-ci leur parut souriant et pas du tout malade.

— Tout va bien, dit-il en s'asseyant, les choses vont changer.

Jean-Hugues ferma les yeux, pris d'un vertige passager. Le golem épuisait tout son répertoire d'entrée de jeu.

— Messieurs, dit Jean-Hugues.

Il aperçut Alicia et rectifia :

— Madame, messieurs, la MC, consciente de ses erreurs passées, a décidé d'offrir au monde un nouveau visage.

Jean-Hugues était resté debout. Dans un souffle, il ajouta :

— Un visage humain.

Un silence glacial parut solidifier l'air autour de lui.

— Tout va bien, lui dit aimablement le golem.

— Merci, monsieur Orwell.

Jean-Hugues s'assit et posa devant lui la pile des chemises cartonnées.

— Monsieur Orwell, qui a placé en moi sa confiance, m'a demandé de régler un certain nombre de dossiers.

La Pétaudière ne put se contenir davantage :

— Mais enfin qui êtes-vous ?

— Mon nom est… Caliméro.

Alicia Raduku émit un petit rire hystérique. Tous les autres restèrent de marbre. À n'en pas douter, ce Caliméro était le successeur de monsieur William, le nouveau patron fantoche de la MC.

Les mains tremblantes, Jean-Hugues défit les élastiques du dossier étiqueté « MC Quick ».

— Je souhaite voir avec chacun de vous la situation de sa division. Monsieur Frankenboof…

Herman baissa la tête et présenta son front comme l'aurait fait un élève de 5e 6, prêt à donner un coup de boule.

— Je suis très mécontent de vous. Vous achetez du bœuf au rabais à des filières douteuses. N'avez-vous jamais pensé qu'on pourrait vous soupçonner un jour d'empoisonnement ?

L'accusation était si crue que Frankenboof ouvrit puis ferma la bouche, suffoqué.

— Mais qu'est-ce que ce cirque ? s'exclama de nouveau la Pétaudière. Monsieur Orwell, vous n'allez pas nous laisser insulter par ce… ce…

— Les choses vont changer, lui rappela le golem.

— Vous voulez consulter votre dossier ? demanda Jean-Hugues au président de la MC Oil. Dois-je vous rappeler comment vous avez volontairement pollué en 1993 le delta du Sasfépa ? Vous voulez distribuer les copies… heu… les dossiers ?

Il s'adressait à Alicia, qui fit circuler les chemises cartonnées. Les dirigeants les ouvrirent, étouffèrent des exclamations de stupéfaction ou pâlirent d'effroi.

— Si je comprends bien, dit le professeur Takamaté d'une voix flûtée, vous avez l'intention de nous faire la morale ?

— De vous faire marcher droit, précisa Jean-Hugues.

Il y eut un mouvement général d'indignation et Jean-Hugues sentit venir le moment critique.

— Monsieur Orwell, dit sir Andrew Slash, expliquez-nous où vous voulez en venir. Ce que fait la MC, vous le savez, nous le savons.

— Les choses vont changer, lui répliqua le golem.

— Je vois que c'est votre nouveau caprice. Mais nous, nous avons des actionnaires à satisfaire.

— C'est pour les satisfaire ou pour toucher la prime d'assurance que vous avez mis le feu aux usines du Tadboukistan ? lui demanda Jean-Hugues.

Sir Andrew Slash posa les mains sur son cœur comme si l'on portait atteinte à ce noble organe. De toutes parts fusaient des « c'est intolérable », « c'est inadmissible »…

— Monsieur Orwell, est-ce que vous êtes dans votre état normal ? susurra le professeur Takamaté.

— Tout va bien, répondit le golem.

Le professeur pointa l'index vers Jean-Hugues :

— Vous lui avez fait un lavage de cerveau. Vous avez utilisé le Mondhypnose.

— Le Mondhypnose est votre invention, s'écria Jean-Hugues, et vous vous en servez même sur des enfants ! Vous êtes renvoyé, Takamaté !

Sir Slash se souleva alors de son siège. Il était cramoisi et deux grosses veines battaient à ses tempes.

— Tu crois que tu vas faire la loi, espèce de petit trou du cul !

Jean-Hugues eut l'impression qu'il était en train de perdre la partie. Se faire insulter ainsi, le jour de la rentrée…

— Apportez-moi votre carnet de correspondance, dit-il.

Alicia eut un nouveau petit rire d'hystérie. Mais Slash avait quitté son siège, menaçant. Il avait des mains énormes et le souffle heurté d'un animal furieux. Jean-Hugues se leva à son tour. Il était plus faible, il avait toujours été plus faible. Mais il avait toujours fait face. Slash lui montra le poing :

— Je vais te… te…

Soudain, il porta les deux mains à sa poitrine. Incapable de parler, incapable de bouger, traversé par une terrible douleur.

— Il a une attaque ! s'écria Alicia.

Sir Slash s'effondra tout d'une masse. Jean-Hugues pensa aux enfants morts dans les usines incendiées du Tadboukistan.

— Justice est faite, dit-il simplement.

Il tremblait de la tête aux pieds. Chacun contemplait le corps que la vie venait de quitter.

— Tout va bien, dit le golem avec un sourire épanoui.

Tous les dirigeants ressentirent alors une crainte mystérieuse. Le nouveau maître de la MC s'appelait Caliméro, il connaissait leurs misérables secrets, et celui qui osait le menacer tombait foudroyé à ses pieds.

CHAPITRE XXVI

LA VIE RÉELLE

Albert accueillit Jean-Hugues dans le bureau en lui donnant des claques dans le dos.

— T'as assuré. Impeccable, mon vieux. J'aurais pas fait mieux.

Albert avait suivi le conseil d'administration en direct sur un écran.

— Slash n'est pas vraiment mort ? balbutia Jean-Hugues.

— Quand même un peu.

— Il faudrait appeler un médecin.

Albert frictionna le dos de Jean-Hugues.

— T'inquiète, t'inquiète…

— Un médecin, répéta Jean-Hugues.

Il paraissait sonné. Albert consulta Emmé du regard.

— Monsieur le prisident, il va pas bien, diagnostiqua madame Badach.

Jean-Hugues marcha comme un automate jusqu'à son fauteuil. Il s'assit et parut revenir à lui.

— Non, je ne vais pas bien. J'ai envie d'être seul.

Il voulait être seul avec ce chagrin qu'il avait repoussé d'heure en heure. Il avait tenu bon tant qu'il avait dû lutter. Pendant quelques instants, face aux dirigeants de la MC, il lui avait semblé porter le poids du monde. À présent, ses épaules pouvaient ployer.

Emmé prononça quelques paroles de réconfort avant de le quitter et Albert partit aussi, le golem à ses côtés. Jean-Hugues se laissa enfin aller, la tête dans les bras.

Les deux petites phrases du golem l'obsédaient : les choses vont changer, tout va bien… Pour Alias, c'était le mot de la fin. C'était lui, au fond, le nouveau maître de la MC. Il n'était l'allié de personne. Les réels ne l'intéressaient pas. Pour lui, tout n'était que jeu, score, bonus et perdant.

Jean-Hugues resta longtemps à méditer. Pleurer peut-être. Dormir. Rêver. Il rêva à Bubulle. Le petit dragon ronronnait et ce ronron fit s'éveiller Jean-Hugues en sursaut. Il se redressa et regarda autour de lui. Le temps qu'il comprenne où il était et le bruit s'arrêta. C'était l'imprimante qui s'était mise en marche. Jean-Hugues prit le papier qui venait de sortir de la machine. Il lut :

`JOUE AVEC MOI. JE T'ATTENDS.`

Il jeta un coup d'œil sur l'écran de l'ordinateur. Séquence 12, place Taliva. Lulu était là. Jean-Hugues posa la main sur la souris et cliqua sur la petite fille.

— Alias est ton allié, dit-elle. Voilà la vérité.

Jean-Hugues attendit un moment mais rien d'autre ne se produisit. C'était jour de marché à Golémia. Jean-Hugues cliqua une nouvelle fois sur Lulu.

— Alias est ton allié. Voilà la vérité.

Jean-Hugues se retrouva soudain dans la peau du joueur. Golem restait un jeu et Lulu proposait une énigme.

— « Voilà la vérité », marmonna-t-il. La vérité.

Pourquoi Lulu utilisait-elle le mot qui en hébreu donne la vie au golem ? Jean-Hugues effleura le clavier puis, lettre après lettre, il tapa E... M... E... T.

Dès qu'il entendit le bruit de soufflerie, il s'écarta de l'ordinateur. Le rayon laser en jaillit. « Alias vient me chercher ! » s'affola Jean-Hugues. Mais dans la lumière apparut Natacha. Blonde et charnelle, c'était bien la guerrière mais sans son dégom-laser. *Clac, clac*, en deux petits réglages, l'image se solidifia et le rayon repartit dans l'ordinateur. Natacha poussa un cri, visage renversé, comme si quelque chose lui était arraché. Elle tâtonna l'air autour d'elle, fit deux pas en titubant, se cogna dans le fauteuil.

— Aïe, mal, dit-elle.

Elle était seule et perdue.

— Natacha ? murmura Jean-Hugues.

Elle se retourna, les bras en balancier pour garder l'équilibre. Elle plissa les yeux puis avança la main. Elle évaluait mal les distances.

— Où...

Elle se tut, porta la main à sa gorge. Sa voix était brève, sans écho et sans rêve.

— Où es-tu ? dit-elle.

Il s'approcha d'elle. Timide, émerveillé. Alias lui avait donc redonné celle qu'il aimait.

— Tu ne me vois pas ? dit-il tout bas.

Natacha cilla. Sa vision était en train de s'accommoder. Elle vit Jean-Hugues d'abord flou, puis net.

— Mon amour, dit-elle en le reconnaissant.

Elle caressa l'air autour de lui, frôla sa joue. Puis la pinça.

— Tu fais mal, Natacha.

— Aïe ?

— Oui, aïe…

— C'est… le réel ?

Sans attendre de réponse, Natacha écarta la frange qui recouvrait son front. Les quatre lettres du mot EMET avaient disparu.

— Tu as gagné, dit-elle.

Jean-Hugues se sentit défaillir.

— Tu… tu es libre ?

Elle secoua la tête. Mieux que libre :

— Je suis réelle.

Elle avait perdu toutes ses vies. Sauf celle-là, la dernière, la nôtre. Elle posa un doigt sur les lèvres de Jean-Hugues. Il la prit contre lui et l'embrassa. C'était une femme semblable à toutes les femmes. Jean-Hugues tressaillit pourtant en sentant un grésillement le long de sa cuisse. Mais ce n'était que son téléphone portable, en mode vibreur.

— Il ne décroche pas, dit madame de Molenne.

— Pit-être il est occupé ? fit Emmé.

Madame Badach, se faisant du souci pour le « président », s'était dépêchée de retourner aux Quatre-Cents.

— Il vous a dit qu'il voulait rester seul ? s'inquiéta madame de Molenne. Et il avait l'air d'aller mal ?

— Ci de la diprime nerveuse comme elle a eu ma belle-sœur, analysa Emmé.

— Faudrait appeler Albert, suggéra Samir.

Madame de Molenne acquiesça. Elle fit le numéro du portable d'Albert. Mais Albert avait retrouvé Nadia. Lui aussi, il était occupé.

— C'est le répondeur, murmura madame de Molenne. « Oui, monsieur Albert ? C'est la maman de Jean-Hugues. Je me demande s'il ne faudrait pas aller voir à la MC. J'ai un peu peur que Jean-Hugues ne fasse une bêtise. »

Elle avait dit ces derniers mots tout bas comme si le fait même d'en parler comportait un risque. Les deux mamans se regardèrent, désemparées.

— Je vais y aller, décida madame de Molenne.

Mais on ne la laisserait pas entrer au siège de la MC.

— On n'a qu'à faire comme à l'hôpital, proposa Samir. On se ramène à six ou sept et on passe en force.

— Faut pas forcer, intervint Emmé. Monsieur Albert, il m'a donné un badge.

— C'est bon pour une seule personne, répliqua madame de Molenne.

Madame Badach ouvrit alors son grand sac et une vingtaine de passes apparurent.

— Monsieur Albert, il m'a donné beaucoup des badges pour rentrer. La MC, ci à tout le monde. Miltinationale, ça veut dire : ça appartient à tout le monde des nations. Monsieur Albert, il m'a bien espliqué.

À la façon dont Emmé disait « monsieur Albert », on devinait qu'elle en avait fait un modèle de vertu et un exemple à suivre pour ses sept fils.

Les vigiles de la MC eurent en cette fin de journée la surprise de voir arriver dans le hall tout le monde des nations. Samir, Majid, Aïcha, Sébastien, Emmé et madame de Molenne montrèrent leur badge. Les deux costauds s'interrogèrent du regard.

— On s'en fout, glissa un vigile à l'autre. T'as vu Orwell, aujourd'hui ? Il est shooté à je sais pas quoi.

Il se tourna vers la petite troupe et fit signe de passer. Madame de Molenne se dépêcha. Elle avait un terrible pressentiment maternel. Quand elle put enfin ouvrir la porte du bureau directorial, le spectacle qui s'offrit à elle lui arracha un cri d'effroi. Jean-Hugues était tout près de faire une bêtise et il rougit immodérément. Mais il se ressaisit très vite et, rajustant la tenue de sa bien-aimée, il déclara à sa mère :

— Tu reconnais ma fiancée, maman ? Alias me l'a rendue.

Madame de Molenne, poussée par les autres, était entrée.

— Aouah, le canon, souffla Majid.

Avec ses longues jambes, le petit short et le généreux débardeur, Natacha aurait déclenché une émeute en se promenant dans les rues des Quatre-Cents. La jeune fille, peu consciente de sa provocante beauté, n'avait d'yeux que pour Jean-Hugues. Des yeux verts semés d'étincelles.

— Trop belle, s'extasia Aïcha.

Albert, qui avait fini par écouter son répondeur téléphonique, entra alors avec Nadia. Il resta un instant les yeux ronds, pétrifié par la stupéfaction.

— Nadia, tu vois ce que je vois ?

— Si ze te zêne, ze peux attendre dans le couloir.

Albert l'attrapa par la taille en rigolant.

— Viens, on gêne tous les deux. On gêne tous.

Il fit signe aux gosses. Emmé, pudique, était déjà ressortie. Albert referma la porte.

Dans le bureau, il ne restait plus que madame de Molenne et les deux jeunes gens. Madame de Molenne s'approcha de Natacha. Elle ne savait que dire, que faire. Elle aurait voulu trouver des mots d'accueil ou de tendresse et elle ne trouvait rien. Natacha rebroussa sa frange.

— Je... je...

Elle s'arrêta et sourit. Dire « je », quand on comprend le sens de ce petit mot-là, on ne s'en lasse pas.

— Je suis réelle, maman.

Madame de Molenne sentit fondre son cœur. Les mots vinrent tout seuls.

— Tu es réellement charmante.

ÉPILOGUE

La camionnette roulait bon train vers les Quatre-Cents. À bord, il y avait Cécile, la journaliste, et Momo, le cadreur.

— Encore un reportage sur les banlieues, grogna Momo. C'est quoi, c'te fois ? Des pompiers qui se font caillasser ?

— Ça n'a rien à voir, répliqua Cécile. Tu n'es pas au courant de ce qui se passe aux Quatre-Cents ?

Momo prit un air supérieur :

— Tu sais, moi, vos histoires franco-françaises… Je reviens du Tadboukistan. Là-bas, ça bouge, ça bouge vraiment. Ils construisent des écoles, des dispensaires. La MC finance un plan de développement et…

— C'est marrant, je voulais justement te parler de la MC, l'interrompit Cécile. Elle a créé une fondation, la MC400, qui s'est donné pour but la rénovation des cités les plus pourries. On va faire un reportage aux Colibris. Ils inaugurent une Maison de quartier.

Il y eut un silence dans la camionnette. Qu'est-ce qui lui prenait, à la MC ?

— Les dirigeants ont pourtant la réputation de mafieux, remarqua Momo.

— J'ai rencontré le big boss, Orwell. Il plane un peu mais, franchement, il est très sympa. Et il veut tout changer !

Momo fronça les sourcils en apercevant de la verdure.

— Tu crois pas qu'on s'est perdus ?

Dans son souvenir, les Quatre-Cents, c'étaient des tours posées sur un tas de boue. Ici, il y avait des arbustes, des fleurs et des fontaines aux croisements.

— Non, non, c'est là, le rassura Cécile. Voilà les Colibris. Oh, c'est joli, la fresque qu'ils ont faite sur les murs ! Tiens, gare-toi.

Un jeune homme en jean leur fit un signe de bienvenue et leur désigna une place de stationnement. C'était un des animateurs de la Maison de quartier. Le badge indiquait son nom : Haziz Badach.

Le concierge des Colibris avait été promu gardien de la Maison de quartier et il n'en pouvait plus de fierté.

— C'est pour la télé ? demanda-t-il à Cécile. Je me mets devant la caméra ? Alors, moi, je veux dire que la banlieue, on raconte ci et ça sur la banlieue, mais la vérité... Couché, Brutus ! Vous en faites pas, il est gentil...

Le chien du gardien montrait les dents. La vérité, c'est que Brutus avait été dressé à l'attaque et qu'il avait besoin de se recycler. Cécile s'en écarta prudemment et commença la visite.

Dans les anciennes caves, on avait installé un cybercafé. Majid n'en décollait plus. Il battait tout le monde à Half-life mais faisait une pause dans ces jeux de baston quand Aïcha, délivrée de ses multiples tâches ménagères, avait le droit de le rejoindre. Avec elle, il surfait en douceur sur Internet.

Dans une salle voisine, on avait installé le vidéo-club. Rien que des films d'épouvante. Le responsable de la programmation était un certain Sébastien. Une fois par semaine, le vendredi, Sébastien prévoyait une comédie sentimentale. C'était le soir où Aïcha avait le droit de « sortir ».

Au rez-de-chaussée, madame Badach et ses amies disposaient d'une vaste cuisine. Pour la fête d'inauguration, elles avaient préparé des centaines de gâteaux ruisselants d'huile et de miel.

— Ci pas trop rigime, dit madame Badach en tendant une assiette de loukoums à Natacha.

— C'est réellement bon, répondit Natacha, la bouche pleine.

Tout le monde lui souriait. On avait rarement vu une jeune femme prendre autant de plaisir aux choses simples de la vie : boire, manger.

Jean-Hugues entra alors dans la cuisine, l'air un peu inquiet. Il parcourut du regard cette assemblée de femmes en foulards et tabliers.

— Oh, c'est le mari, dit Natacha en l'apercevant.

Elle se tourna vers les dames et leur expliqua :

— Natacha a un mari. Non... Je...

Elle plaqua les mains sur sa poitrine et dit d'un ton extraordinairement possessif :

— J'ai un mari.

Toutes ces dames hochèrent la tête avec un sourire bienveillant. Jean-Hugues attrapa sa jeune femme par les épaules et chuchota :

— Où étais-tu passée ? Je te cherchais. Orwell et Albert sont arrivés pour l'inauguration.

Il entraîna Natacha vers le hall d'accueil.

— Merde, marmonna-t-il, c'est commencé.

En effet, Albert, très classe en costume-cravate, était déjà lancé dans un grand discours de bienvenue et de remerciements.

— Bienvenue à tous les habitants des Quatre-Cents, à cette France de toutes les nations, marocaine, algérienne, tunisienne, malienne, portugaise, cette France si unanimement attachée aux valeurs de la République...

Là-dessus, Albert dédia un grand sourire au concierge des Colibris.

— Merci à monsieur le député qui n'a cessé de manifester son intérêt pour les Quatre-Cents...

C'était la première fois qu'il y mettait les pieds.

— Merci à monsieur le ministre qui a bien voulu nous honorer aujourd'hui de sa présence, fidèle à ce rendez-vous comme à tous les autres...

Il s'était décommandé dix fois.

— Merci à la MC que je représente modestement...

Après un bon quart d'heure de langue de bois, Albert se tourna résolument vers le golem :

— Je crois que nous pouvons laisser le mot de la fin à celui qui a permis cette fête. Monsieur Orwell ?

Le patron de la MC était là, toujours souriant et très cool avec sa casquette.

— Tout va bien, déclara-t-il, les choses vont changer.

Ces mots d'une si touchante simplicité de la part d'un si grand patron déclenchèrent un tonnerre d'applaudissements et la ruée vers les buffets. Nadia put enfin se rapprocher d'Albert.

— Alors, ça fait quel effet de zouer les bonnes fées ?

Depuis un an, Albert et Jean-Hugues dépensaient en actes de bienfaisance la fortune personnelle d'Orwell, qu'Alias leur avait livrée.

— Je me sens presque meilleur, admit Albert. On prend un verre pour fêter ça ?

Les élèves de l'ancienne 5e 6, désormais en 4e 3, étaient de service. Nouria et Aïcha circulaient avec des plateaux de petits fours. Mamadou et Miguel faisaient sauter les bouchons. Albert prit un verre de champagne et s'avança vers Jean-Hugues et Natacha. Il fit tinter son verre contre celui de la jeune femme.

— À l'amour, dit-il.

Puis il trinqua avec Jean-Hugues.

— Au courage, se moqua-t-il.

— À l'honnêteté, riposta Jean-Hugues.

Ils se mirent à rire, unis par les dangers passés et les risques présents. Car désormais tous deux dirigeaient la MC avec la complicité d'Alias. Albert utilisait parfois des méthodes peu recommandables pour faire obéir les Frankenboof et autres Raduku, des méthodes qui avaient quelque chose à voir avec le chantage. Mais c'était pour la bonne cause, celle de tout le monde des nations, comme aurait dit Emmé.

— Et Samir ? demanda Nadia. Il ne vient pas ?

— Il ne devrait pas tarder, répondit Jean-Hugues. Ma mère lui faisait réviser son anglais, cet après-midi.

Samir habitait désormais chez madame de Molenne. Louise, conquise par l'intelligence de l'adolescent, s'efforçait de lui donner les quelques bases qui lui manquaient en anglais.

Samir regarda l'heure à sa montre. Il repoussa livres et cahiers et lança à tue-tête :

— *Are you ready, Louise ?*

— Je n'arrive pas à retrouver Bubulle. Mini, mini, mini…

Madame de Molenne avait toujours peur que Bubulle ne profite d'une porte ouverte pour se sauver dans l'escalier. Samir sourit puis s'étira paresseusement. Depuis un an, il découvrait ce bonheur tranquille : un foyer. Il aurait aimé le partager avec Lulu. Mais elle, elle était de l'autre côté.

Le regard rêveur, Samir posa la main sur la coque bleu électrique de la souris. Jean-Hugues avait mis son ordinateur à l'abri, dans son bureau d'autrefois. À force de s'en servir, Samir avait découvert qu'en double-cliquant sur l'image de Lulu, il pouvait converser avec elle comme Albert faisait avec Alias. Il eut envie de lui passer un petit bonjour avant de partir pour la Maison de quartier :

```
LVNIH/4568JNS ?JFIO@NFAIHT2I
UVNAO/NVAIO0985876/NQAPFJIO
LNVCAOUT21486NAOITU9/@NOA14812
UNCAOUR9458789S/NCOM.VNZI
```

Madame de Molenne entra dans la chambre :

— Impossible de mettre la main sur Bubulle.

Elle se pencha par-dessus l'épaule de Samir.

— Ça va, Lulu ?

Samir leva les yeux vers Louise. Des yeux tout au bord de pleurer. Soudain, un cahier ouvert se souleva bizarrement et Bubulle pointa le museau au bout du tunnel de papier. Madame de Molenne eut un soupir de soulagement à la vue de son dragon retrouvé.

— Je peux l'emmener avec moi ? demanda Samir sur un ton d'enfant capricieux.

— Non, il ne faut pas le montrer. Albert te l'a dit. Tout ce qui concerne Alias doit rester secret.

— Je le mets dans mon sac à dos et il en sort pas.

— Qu'est-ce que ça te donnera ?

Samir voulait épater les copains à la Maison de quartier. Il joignit les mains, fit les yeux doux, baratina.

— Sur le Coran de La Mecque, je le montre à personne.

Après le départ de madame de Molenne, de Samir et du dragon, il n'y eut plus dans l'appartement vide qu'un seul bruit, celui du ventilateur de l'ordinateur, et une seule lumière, celle projetée par l'écran.

***

Les étoiles brillaient, des étoiles à cinq branches comme sur un dessin d'enfant. « J'aime bien quand il fait nuit, pensa Lulu. Mais pas trop longtemps. »

Aussitôt, l'horizon rosit et la lumière du soleil naissant baigna le jardin. Assise dans l'herbe, Lulu tendit la main vers un parterre de jonquilles, l'effleura et dit :

— Bleu.

L'herbe se couvrit de myosotis.

— Bisou ! appela Lulu.

Un poney s'échappa du pré voisin, sauta pardessus la barrière et vint croquer des pommes aux pieds de Lulu.

— Pas trop, pas trop, lui dit sa petite maîtresse. Ou tu vas être malade.

Le poney baissa les oreilles et son pelage devint terne.

— Tu vois, je te l'avais dit, gronda Lulu.

Elle se mit sur la pointe des pieds pour examiner la barre d'outils et elle attrapa une bouteille de sirop.

— Tiens, bois.

Le poney, guéri, repartit au petit trot vers son enclos.

La journée était belle. Il y avait un arc-en-ciel à l'horizon. Lulu savait qu'il y avait un trésor à trouver là-bas. Mais elle le chercherait une autre fois. L'énigme était un peu difficile.

— Qu'est-ce que je vais faire en attendant que Samir rentre ? se demanda-t-elle.

Elle s'aperçut qu'elle n'avait envie de rien.

— Tu as faim ? dit une voix.

À l'instant même, la pelouse se couvrit de gâteaux crémeux décorés de cerises.

— Je n'ai pas faim. Je n'ai pas soif. Je n'ai pas froid, déclara la petite.

Mais elle pensa : « Il me manque un ami. » Une réponse lui parvint :

— Alias est ton allié.

La petite fille sourit. Alias était très intelligent, mais il n'était pas bien malin.

— Un allié, c'est pas un ami.

— Un ami, répéta la voix. Qu'est-ce que c'est ?

Durant sa courte vie d'enfant malade, Lulu y avait longuement réfléchi.

— Un ami, c'est quelqu'un qui joue avec moi. On aime les mêmes choses, les histoires, les peluches, les chevaux. Quand je suis triste, je pense à mon ami et ça va mieux. Et surtout quand le téléphone sonne, je crie : « C'est pour moi ! »

Il y eut un silence. Alias enregistrait les données. Un téléphone apparut et se mit à sonner. Lulu s'accroupit et décrocha.

— Allô ? Qui c'est ?

— C'est ton ami.

— Où tu es ?

— Au pied de l'arc-en-ciel.

Lulu se leva d'un bond, attrapa son mini sac à dos, y rangea sa planche à roulettes supersonique, la carte du Pays magique et le sirop enchanté pour ne jamais être malade.

— Prête pour l'aventure à partir de 6 ans ? demanda Alias.

— Mais… tu m'accompagnes ? s'inquiéta Lulu.

— N'aie pas peur. Où tu iras, je serai.

TABLE DES MATIÈRES

CHAPITRE PREMIER – Et le gagnant est................ 7

CHAPITRE II – Natacha fait des dégâts 21

CHAPITRE III – Une question de jours...................... 33

CHAPITRE IV – Dans les griffes de la MC 43

CHAPITRE V – La petite fille au moulin à vent........ 54

CHAPITRE VI – Alias n'en fait qu'à sa tête............. 62

CHAPITRE VII – Sébastien... 74

CHAPITRE VIII – Investigator.................................. 80

CHAPITRE IX – Lara et les cow-boys 89

CHAPITRE X – Petit contretemps............................ 102

CHAPITRE XI – Jeu de massacre............................. 114

CHAPITRE XII – Sauvés ? 127

CHAPITRE XIII – Les réels et les virtuels................ 139

CHAPITRE XIV – Une belle fille peut-elle être une belle-fille ?... 150

CHAPITRE XV – Ça se passe comme ça chez MC ... 158

CHAPITRE XVI – ALIAS@GOLEMSEQ12PNJ 166

CHAPITRE XVII – Ci quoi, ce bin's ? 177
CHAPITRE XVIII – Sorry 191
CHAPITRE XIX – Folle à lier 202
CHAPITRE XX – Amour toujours 212
CHAPITRE XXI – Un BMW, ça va... 219
CHAPITRE XXII – Game over 230
CHAPITRE XXIII – Sauvez Lulu ! 240
CHAPITRE XXIV – Mais que fait Alias ? 246
CHAPITRE XXV – Le nouveau maître de la MC 253
CHAPITRE XXVI – La vie réelle 263

ÉPILOGUE 271

À PROPOS DES AUTEURS DE *GOLEM*

Lorris Murail, auteur de quelques dizaines de romans, bandes dessinées et ouvrages documentaires, également critique littéraire et gastronomique, a publié récemment à destination du jeune public : *Douze ans, sept mois et onze jours* et *L'Horloge de l'Apocalypse* chez Pocket Jeunesse, *Rien ni personne* chez Sarbacane, *Chaque chose en son temps* chez Gulf Stream.

Marie-Aude Murail a publié plus d'une centaine de livres, traduits en 22 langues, dont certains ont été portés à la scène ou à l'écran. Officier de la Légion d'honneur pour « avoir œuvré au rayonnement culturel de la France », elle accompagne depuis 30 ans des millions de lecteurs, jeunes et adultes. Parmi ses livres destinés à la jeunesse, signalons : *Vive la République !* chez Pocket Jeunesse, *Oh, boy !*, *Simple*, *Miss Charity*, *Malo de Lange* ainsi que les séries *Nils Hazard* et *Sauveur & Fils* à l'école des loisirs.

Elvire Murail, auteure d'*Escalier C* pour les adultes, se métamorphose en Moka quand elle écrit pour la jeunesse. Elle a publié plus de 130 livres et a été traduite dans de nombreuses langues. Dans la veine fantastique, elle a notamment écrit la trilogie *12* chez playBac, *L'enfant des ombres* et *Derrière la porte* à l'école des loisirs. Et pour les plus jeunes, citons *Jusqu'au bout de la peur* à l'école des loisirs et la série best-seller *Kinra Girls* chez playBac.

Ouvrage composé par
PCA – 44400 Rezé

Imprimé en France par CPI
en novembre 2019
N° d'impression : 3035510
S29409/01

PKJ• www.pocketjeunesse.fr
POCKET JEUNESSE

MIXTE
Papier issu de
sources responsables
FSC® C003309
FSC
www.fsc.org

Pocket Jeunesse, une marque d'Univers Poche,
est un éditeur qui s'engage pour
la préservation de l'environnement
et qui utilise du papier fabriqué à partir
de bois provenant de forêts gérées
de manière responsable.